I0732090

Araca corazón callate un poco

ENRIQUE BUTTI

COLECCIÓN
Literatura
de los confines

**Araca corazón
callate un poco
Enrique Butti**

Copyright © 2020 Enrique Butti
Publicado en Estados Unidos por Pro Latina Press
www.prolatinapress.com

Segunda edición, 2021

Editores: Patricia Severín y Maria Amelia Martin
Diseño gráfico: Noelia Mellit y Álvaro Dorigo

Library of Congress Control Number: 2021949225

ISBN 978 17377458-5-3

Araca corazón callate un poco

ENRIQUE BUTTI

Pro Latina Press

PALABRAVA

Si sabés que su amor es todo tuyo
y no hay motivos para hacerse el loco,
¡araca, corazón, callate un poco!

Alberto Vaccarezza

PRIMERA PARTE

El sofá cama de Marzolini

I

Mi muñeco

Mi amigo del alma se llama Marzolini y es muy especial, podría suspender boquiabierta y babeante a toda una multitudinaria audiencia si condescendiera a contarle con lujo de detalles las ocasiones en que lo abdujeron distintos tipos de extraterrestres, incluida aquélla en que colisionaron venusinos y terceavos de Épsilon por la disputa de la preciada presa. Yo no creo ni dejo de creer, pero me digo que por algo excepcional debo haberlo elegido como motivo de mis desvelos. Además, si a alguien se le ocurriera estudiarme un poco podría detectar algún latido marciano en mi corazón, un mundo deshabitado hasta que él llegó con sus pasos de pato para construir a los picotazos un nido en mi pecho, graznando y saltando todo el tiempo hasta ponerme nerviosa.

Marzolini es especialmente adorable, pero a veces lo encuentro por la calle y no me saluda o al contrario me acosa con una audacia que le desconozco, busca toquetearme y dice guarangadas. Me deja alelada, sin capacidad de reacción, catatónica, demoro días en despertar del todo y otros tantos en perdonarlo. Entonces monto en la bicicleta y voy a tocar el timbre de su casa decidida a tragarme todos los reproches, pero allí me espera una inmaculada sonrisa falsa que me obliga a armarle un escándalo. No se cansa de excusarse con la misma historia apasionante: no era él a quien encontré en la calle; los extraterrestres lo han replicado y están llenando la ciudad y quizás el mundo con sus clones. No le creo, pero a la vez no puedo resistirme a su arrebatado testimonio y termino olvidando todo rencor; en el fondo me enloquece de entusiasmo la sola idea de que el mundo de los hombres estuviese compuesto solo de Marzolinis.

Yo soy menuda y ágil, terrenal y sanguínea; él vive en las nubes, en alfombra voladora, en medio de truenos y granizo. Yo soy encendida, enamoradiza; él es un panal de miel lleno de avispas africanas. Así y todo, la cosa va bien porque mantenemos la debida distancia; un poco la mantiene él y un poco la mantengo yo, siempre cultivándome la esperanza de que un día al mismo tiempo dejemos de mantenerla los dos.

Lo conocí en la calle. Había un grupo de gente reunida y me acerqué a mirar. El que sería Marzolini estaba tendido junto al cordón de la vereda, pero ya quería levantarse y decía que no pasaba nada, que ya se encontraba bien. Se puso de pie y dio unos pasos, colorado de vergüenza, disculpándose, agradeciendo. El grupo de curiosos se desperdigó y yo con ellos. Me acerqué al quiosco para comprar mi ración diaria de maní con chocolate. Estaba pagando cuando el quiosquero dice:

—Pero mire que lo podrían haber matado, ¿seguro que está bien?

Me doy vuelta y el que sería Marzolini me sonríe y farfulla algo con la cabeza gacha. Cuando estoy por irme me pregunta si le puedo hacer un favor. Medio le gesticulé que sí y medio que no, pero le pregunté qué quería.

—¿Me puede convidar con un café porque acaban de arrebatarme el portafolios?

Saqué un billete y se lo quise dar. Dijo que no, que juraba que me devolvería el dinero pero lo que quería era que yo pagara dos cafés. Y como le hice un gesto feo:

—Si no tiene tiempo ahora, dígame y ya no va a tener que prestarme para que la convide.

Me lo dijo tan bien que no pude darle vuelta la cara. Le contesté que no, gracias y le tendí el billete otra vez, que si necesitaba tomar un café en ese momento con gusto le daba el dinero. Con una condición, me dijo. Y bueno, empezó a hablar y desde entonces me contento con estar pendiente de esos labios que algunas noches me sorben como él dice que lo chupan los alienígenos, me succionan, me levitan y me dejan caer sobre los copos de algodón de su sofá cama, y allí tendida cómodamente lo escucho y lo escucho hasta dormirme arrullada por sus historias sin fin.

Marzolini cumple con todos mis ideales amorosos. Físicamente es un muñeco. A veces es tan buenito, tan sumiso y desprotegido, que se reduce, se achica, se achica y cuando se deja la barba parece un enanito de jardín, y a veces es tan masculino, tan severo, tan pavoroso, que se agranda y agranda hasta ser un ogro que podría devorarme de un bocado. Pero antes o después comienza a hablar y con esa lengua que tenemos todos empieza a decir lo que nadie sabe decir de esa manera, con esa voz, con los brazos aleteando.

II

El loco por la Flaçon

He escrito las anteriores líneas queriendo, como era de presumir, remedar los inicios de las historias de Marzolini. Él empieza así, hablando en primera persona y resumiendo la situación, exagerándola si es necesario como yo estoy exagerando mi arrobamiento, y una situación que a menudo es banal, banalísima, qué sé yo, a ver si me acuerdo, por ejemplo, voy a su casa, me atiende agitándose en una bata oriental, me hace pasar ofuscado, contesta sí y no, termina de cocinar los hinojos en milanesa saltados con ajo, y de golpe cuando acabamos de cenar y enciende su único cigarrillo diario cuenta que en el trabajo se le apareció un desconocido y le dijo con vocecita plañidera que lo disculpara, que necesitaba pedirle un favor muy importante y que no dudase de que lo movían las mejores intenciones.

Y el desconocido larga:

—Quisiera que me diga adónde puedo encontrar a Margarita Flaçon.

Marzolini le dice que lo siente pero que él no conoce a ninguna persona con ese nombre. El tipo insiste, se le quiebra la vocecita de flauta, se desploma en una silla. Marzolini autoritariamente le dice que haga el favor de retirarse si no quiere que llame a los guardias. El tipo se levanta, se arrastra hasta la puerta, y ahí se vuelve y le pide por última vez que le diga la verdad, que por lo menos reconozca que suele encontrarse con Margarita. Lo suplica con tanta deferencia, con tanto pesar, que Marzolini condesciende a repetirle que realmente no conoce a esa persona. El tipo da media vuelta y desaparece.

A Marzolini le asombra saber con certeza que Flaçon es un

apellido portugués que lleva esa c con cedilla que se pronuncia como ese. Quizás sea un apellido que circula en la ciudad y él lo ha visto escrito, y quizás me lo puntualiza porque intuye que alguna vez voy a andar escribiendo ese nombre. Vuelve a su casa y a la espera de mi llegada se agita con la limpieza, con calzar su atuendo de ocasión y con la cocina, lavando y cortando los hinojos en dos, pasándolos por huevo y rebozador (avena y harina de maíz con albahaca seca en polvo y sal), y largándolos a dorar sin fritanga en la sartén.

Está ahí en la cocina y suena el teléfono. Masculla una injuria porque supone que sea yo avisando que no puedo ir y que inútilmente se acicaló y preparó comida especial y abundante; se lo hice una sola vez y no me perdona. Va y atiende. Silencio. Y después una voz de cotorrita atragantada se desborda sin respirar:

—Qué le cuesta decirme algo de Margarita, dígame cómo está, al menos dígame si está bien, si necesita algo.

Bueno, así empiezan las historias de Marzolini. A esa altura nos hemos alzado de la mesa y sin dejar de hablar me lleva flotando a su cuarto y me deja caer suavemente en su sofá cama. Las historias sin embargo no continúan así, concretas y ordenadas; de a poco empieza a perderse con algún particular, con algún recuerdo que rompe la cronología y me lleva a su pasado, a veces hasta su infancia. Y entonces no sé si adoro más al Marzolini infante, al Marzolini artista adolescente o a este hombre maduro pero apasionado que me habla y me transporta a paraísos de ensueños pero bien cargados de congojas, ya que más de una vez estoy obligada a morderme las manos para no plantármele delante, gritar y con los oídos tapados escapar corriendo, dejándolo que hable solo, revolcándose en sus pringosas aventurillas amorosas.

III

Marzolini festeja la Pascua

Además, puede que la historia haya tenido un desenlace inesperado recién ahora y el inicio sea de tiempo atrás. Por ejemplo, la historia del loco por la Flaçon, esa historia en realidad empezó así: quedamos por teléfono en que esa noche iba a visitarlo, llego a su casa en bicicleta, le toco el timbre, me atiende vestido con una bata oriental bordada con cigüeñas volando entre árboles cargados de orquídeas. Está ofuscado y recién después de un buen rato empieza a relatar que unos meses atrás apareció un tipo en su oficina y sigue lo que ya conté. Y dice que enseguida se olvidó de esa visita y de ese nombre femenino que en el momento le había dado vueltas por la cabeza. Pasan muchas semanas y esa noche (la noche del presente, la noche en que mi tesoro en bata con cigüeñas me cuenta la historia) se había puesto a cocinar porque sabía que yo iría a visitarlo y de improviso suena el teléfono y maldice pensando que seguro llama otra vez a última hora la falluta aduciendo que de golpe le empezó a doler la cabeza. Atiende. Un berrido y una larga frase ahogada le pide que por lo menos le diga si Margarita está bien.

—¿Qué? —grita con ferocidad Marzolini recomponiendo en su memoria aquel visitante con voz de cotorrita.

El otro ya no puede hablar. Solloza. Marzolini corta.

Pero en ese intervalo habían sucedido algunas cosas y entonces ahí empieza la verdadera historia. Me cuenta que un domingo, cosa de un año atrás, había decidido de repente visitar una iglesia y cuando salía lo abordó una mujer que lo esperaba en el atrio. La desconocida le dice que por lo menos en el día de Pascua olvide los rencores y la salude. Marzolini se ríe como un bobo; piensa que quizás se trate de una nueva fórmula, porque desde su infancia que no participaba de una misa, desde antes de que inventaran ese rito de saludar a los circunvecinos de banco deseándoles un buen augurio, de manera que un rato antes atinó apenas a mascullar "Igualmente" como respuesta al "Que la paz sea contigo" que susurró una hermosa joven que le tendió su cara para un beso, fórmula que enseguida le repitió otra, evidentemente la hermana de la joven hermosa, pero ésta más hermosa todavía, que suavemente había desplazado a su hermana para, inclinándose como una bailarina, acercarle su mejilla, al mismo tiempo que alguien le tocaba el hombro y, al darse vuelta, se encontró con una anciana radiante que avanzaba hacia él para ofrecerle su boca como frutilla, y ya al lado de la anciana una señora lo miraba esperando que él se estirara casi genuflexo hacia ella porque se trataba de una verdadera emperatriz, y todas le dijeron "Que la paz sea contigo" y él respondió a cada una con un "Igualmente", de manera que cuatro mujeres y él mismo salieron de esa iglesia con paz, aunque sin paz del espíritu.

Ahora Marzolini sonríe ante la musculosa y enérgica mujer del atrio creyendo que le ha enunciado alguna otra fórmula decidida por el Concilio Vaticano II (pero yo en momentos como estos no puedo contenerme y lo interrumpo: "¿Enérgica? ¿Por qué era enérgica la mujer del atrio?", y dado que Marzolini es como esos narradores con neuronas balzacianas que no se pierden detalle y saben de todo, las telas de los vestidos, el nombre de los perfumes, los cortes de pelo y peinados, franja etaria y condición social, podría estar toda la noche describiéndola, pero a mí me basta entender si está o estuvo enamorado de ella para devolverlo a los carriles y regresarlo al atrio de la iglesia: "Y entonces, ¿qué pasó con la mujer que te pidió el jubileo de la Pascua?").

Dice que mientras él amablemente condesciende a besarle la mejilla, se anticipa con la fórmula:

—Que la paz sea contigo.

Y ella recibe el beso y le contesta:

—Difícil que encuentre mi paz si no es contigo.

IV

Se abre una nueva flor en el valle del Señor

Marzolini me cuenta que se puso colorado como un tomate, y yo le creo porque cuando se me da la gana lo hago ruborizar con cualquier palabrota. Aprovecha que en ese momento sale del templo un grupo de fieles rezagados y se deja arrear a la calle. Camina rápido media cuadra y escucha unos fuertes taconeos que lo persiguen.

Le agarran un brazo y lo frenan con violencia, con un apretón que le deja moretones que tardarán semanas en desvanecerse. La mujer del atrio, con la cara transformada, dura y feroz, le dice:

—Aunque sea decí si estás satisfecho. Contento, ¿no? ¿La estás pasando lindo?

Marzolini –y le creo porque es un caballero respetuoso pero galante– le dice que no tiene el gusto de conocerla, pero es más feliz que antes porque ahora ha descubierto una nueva flor en el valle del Señor.

Ella se rió pero no como me río yo cuando me permito alguna osadía y él me reprime con un gracejo digno de un rajá. Alguna vez le conté a una amiga el tipo de respuestas que él me propina cuando me paso de la raya y ella me preguntó si yo era ingenua o idiota, porque según ella lo que él se proponía con sus frases galantes era seguir avanzando, y yo con mi risa neurótica y echándome atrás despavorida había terminado aplastada contra la puerta que podría habérseme abierto al paraíso terrenal. Pero después de conocer esta historia con la mujer del atrio confirmo que hago muy bien en refrenarme de inmediato, porque esta mujer se rió y retrucó con un nuevo avance y Marzolini se le fue de las manos. La mujer le dijo una cochinada tipo que esa flor estaba disponible para que él la cortase y la llevara en la solapa junto al corazón, o para que se la encajara en la cremallera junto a algún otro lindo órgano vital.

Marzolini se puso paranoico por el recuerdo de una vieja aventura siniestra que le hizo padecer una malvada devoradora de hombres (se me cayó el alma a los pies cuando supe que había estado con una mujer así, pero bueno, hay que escuchar cómo se desencadenó la historia; muchas veces yo me lo imaginé con ella, con desprecio y rencor, puede ser incluso que con un regodeo enfermizo, pero nunca realmente como una cosa erótica, sino siempre triste, un desencanto, para él y para ella, y para mí también), decía que Marzolini pensó que esta mujer del atrio podía ser otra diabla similar a la malvada devoradora, y seca y seriamente le dijo que le agradecía pero que las flores eran hermosas luciéndose en el jardín y que él no tenía la costumbre de cercenarlas. La saludó sin más y empezó a caminar firme, con la plena intención de hacer cualquier cosa para escapar si volvía a oír el retumbar de los pesados botines con plataformas que la del atrio calzaba sobre zoquetes deportivos. En último caso podía salir corriendo sin importarle si despertaba un escándalo entre los fieles que se estaban desperdigando por el barrio. O le gritaba que dejara de molestar, o enfilaba para la casa de su hermana que vive ahí a la vuelta, aunque mejor que esa mujer no localizara ningún sitio que tuviera que ver con él. Llegó a la esquina, giró, y en la otra esquina se volvió y comprobó que nadie lo seguía.

Y la noche en que me cuenta que acaba de llamar el loco por la Flaçon, a Marzolini se le ocurre que esta mujer del atrio pueda ser la Margarita en cuestión. El loco puede haberlo visto aquel domingo de Pascua, vio cómo se besaron y cómo después ella corría como una loca, trastabillando sobre sus plataformas de plomo, para llegar junto a él y casi romperle un brazo. Después el tipo pudo haberlo rastreado y ahora no le pierde pisada, eso dice Marzolini, que tiene la firme impresión de que hace semanas que lo vienen siguiendo. (Y ahí la historia empieza a inquietarme; me parece que podemos caer en algo feo, en algún percance con gente que no tiene nada que ver con él, con gente y con situaciones que una vez definió muy bien un amigo filósofo de bar a quien le conté unas aventuras en las que mi muñeco tuvo que vérselas con unos agentes de la KGB que supieron que de Venus lo acababan de devolver a la Tierra, y otra peor, cuando sin comerla ni beberla se encontró en medio de políticos corruptos y sicarios, historias así que me dejaban tres días con taquicardia, y que para descargar mi alma referí a ese amigo que llamo filósofo de bar, que es un tipo interesante, buen tipo pero con toda la lacra del machismo feo y de quien se siente fracasado en la vida, sarcástico y cínico sobre todo con las historias de amor, por eso nunca le cuento nada de Marzolini, pero ese día le largué lo que parecía una novela policial negra en las que no había ningún personaje con mínima conciencia ética, y el tanguero amigo filósofo de bar después de escuchar la historia y mis lamentos acerca de que una persona tierna y cariñosa tuviera que sufrir el ataque de todos esos canallas, dijo, aprovechando la ocasión para pegarme con un palo: "La historia arrastra a todos, no solo a quienes la dirigen y empujan, o la quieren dirigir y empujar, sino también a quienes se apartan o se quieren apartar de su curso, y perderse lejos de la corriente humana, como una que yo conozco, metiéndose en los prados para acariciar los pistilos de las flores y correr hasta la cumbre de una colina para largarse a cantar como la novicia rebelde". El asunto es que cuando Marzolini me cuenta que lo han estado siguiendo yo no me puedo retener y lo distraigo de cualquier manera hasta devolverlo a su sospecha de que la mujer del atrio sea la Flaçon del loco).

Puede ser, sí, dice, el tipo la vio besarme, vio que me perseguía por la calle, que yo la abandonaba. Capaz que él se le acercó y ella supongo que lo habrá mandado a pasear, y de un día para el otro, así como yo dejé de verla aunque tomé la costumbre de ir a esa iglesia todos los domingos, él dejó de verla y se volvió loco. Y capaz que un día me descubrió por la calle y ahí me siguió, rastreó dónde trabajo y el número de teléfono de mi casa. (Me dice, mientras yo no puedo dejar de mirarlo con resquemor y se me atraganta una pregunta que recién me acordaré –si me animo– a desembuchar dentro de unas diez páginas. Porque a veces me obliga a apuntarle incongruencias: que si el loco por la Flaçon lo vio en la iglesia con la enérgica del atrio es o porque ya lo venía siguiendo de antes a él, a Marzolini digo, o es porque la seguía a ella, a la Flaçon, y de cualquier manera, ¿por qué el tipo la dejó escapar? Y él zafa siempre bien:)

—Porque ella se le escapa siempre, porque él no se anima a acercársele, o porque, celoso, habrá preferido seguirme a mí, qué sé yo; la próxima vez que se comunique conmigo le doy tu dirección y así le podrás preguntar a él personalmente... Siempre tengo que terminar contestando preguntas estúpidas, nunca puedo decir lo que quiero, nunca me dejaste contar la historia de la Niña Santa y me obligaste a... mejor no hablo.

—¿Qué te picó, ahora? Hablá nomás, si el único que habla siempre es el señor...

—No, querida, yo hablo pero para decir lo que usted quiere... La historia de la Niña Santa no pude...

—Y dale con eso.

—Sí, nunca te la pude contar y me quedó el trauma.

—Trauma, mirá vos, si la que estoy tirada en el diván soy yo.

—Pero el que habla siempre soy yo, y si no me dejás contar algo que quiero no te vas a curar nunca.

—Dejá de decir macanas y seguí con la Flaçon. O mejor, por hoy terminamos y me voy a mi casa, porque para problemas, para problemas estoy yo.

Se traga la bilis, frunce la boca como culito de gallina y se levanta de sopetón.

—Sí, mejor, por hoy terminemos; yo también estoy cansado.

Y se ajetrea hacia el garaje para que saque la bicicleta y me vaya. Visto desde atrás parece una geisha, correteando con pasitos cortos mientras le revolotea el kimono de seda artificial.

V

Nace una señora hecha y derecha

Dos días después llama para decirme que consiguió lindos tomates para hacer unos huevos estrellados. Voy y me recibe vestido con pantaloncitos cortos y la camiseta de fútbol del equipo argentino en el Mundial 2006. Comemos, me tiro en el diván y recomienza con las especulaciones sobre la identidad de Margarita Flaçon.

Dice que el otro día, cuando recibió el llamado telefónico del loco, se le ocurrió que Margarita Flaçon también podría muy bien ser una estrategia de la malvada devoradora de hombres que no se da por vencida, que se inventó ese nombre y con ese nombre engatusó al pobre tipo de la voz de cotorra, y antes de enloquecerlo, largarlo y desaparecer, con saña vengativa le habló de él, de Marzolini, y ahora el tipo solo cuenta con Marzolini como referencia para saber algo de ella. (Finjo que tengo necesidad de ir al baño, me levanto, y cuando regreso busco encarrilarlo hacia otra encrucijada: "Y entonces, la malvada puede que lo haya largado a este pobre tipo. ¿A vos también te largó?". Inútil, Marzolini va para cualquier lado, pero solamente para el lado que le conviene. Me ataja:)

—¿Te conté alguna vez de la venusina que quedó prendada, la emperatriz, que prometía operarme, injertarme las antenas para que me aceptaran en el reino y me nombrasen emperador? No, esperá, ¿te conté aquella historia, cuando yo era joven y anduve con aquella mujer a la que nadie tomaba en consideración? Capaz que es ella quien se llama Margarita Flaçon, nunca supe su nombre. A propósito, hay algo que nunca me dejaste decir... ¿sabés de qué estoy hablando, no? ¿Te acordás?

Me empiezo a rascar la repentina urticaria:

—¿Aquella historia que traicionaste? Porque con esa señora habían jurado no revelar nunca nada a nadie...

Se lo digo porque de golpe me vienen ganas de estar en otro lado, tirada en la cama para otra cosa, no para escuchar la historia de madame Bovary.

Me retruca que si me reveló ese secreto fue porque había pasado mucho tiempo y porque yo le había jurado previamente que jamás diría una palabra. Como me parece que se enojó de veras empiezo a contemporizar y en ese tire y afloje se nos va la noche del trajecito del Mundial 2006.

La por mí tildada "traición" se produjo a poco de conocernos, hará unos dos años atrás. Me acuerdo de que Marzolini me había recibido con un traje de marinerito, de marinero pero con pantalones cortos. Comemos y lo noto reconcentrado y sin ganas de hablar. Le empiezo a tirar la lengua y al final me dice que un sueño le recordó algo de su juventud. Le pido que me lo cuente y me dice que no puede porque se lo impide un pacto secreto acordado con la mujer en cuestión. Me puse loca de curiosidad. ¿Hace cuántos años sucedió eso? ¿Tenés alguna posibilidad de volver a encontrarla? ¿Fue tu primer amor? Te juro, que me caiga muerta si algo sale de mi boca, ni bajo tortura ni hipnotizada... Deberé arrepentirme toda la vida, porque desde entonces empezó a jorobar con esa historia sin fin.

Y si ahora le sobreviene la sospecha de que la señora en cuestión pueda ser la tal Margarita Flaçon es porque realmente nunca había sabido su nombre, como ella nunca había sabido el de él. Pero se desdice, no puede ser que esta señora fuera la Flaçon, porque esa mujer, la innominada de las citas, no era mujer capaz de enloquecer a nadie, aunque quién dice que no haya cambiado tanto como él, que de linyera se metamorfoseó en empleado modelo.

Recuerdo que el marinerito me dio un poco de animadversión cuando se dedicó a describir a la innominada inexistente; nadie la veía, ni el marido, ni los dos hijos, ni la suegra que también vivía en su casa. Con mi muñeco erotómano se encontraban en algún motel, acordando cada vez la próxima cita, citas que no eran regulares ni frecuentes porque ella además cargaba con un trabajo mediante el cual mantenía a toda la familia, incluyendo a la suegra. En el trabajo tampoco la veía nadie; apenas registraban unas telas flotantes, unos zapatos, un flequillo, y se acordaban de ella solo cuando la necesitaban. Hará más de dos años, pero se me grabó cómo lo contó Marzolini. Textual:

—Solo yo, que era tan joven y estaba tan perdido, buscando alguien a quien pudiera ver y tocar, solo yo supe encarnarla. Y ella, a su vez, me decía que recién al encontrarse conmigo había nacido.

A mí me asalta a veces esa maldad de mi amigo filósofo de bar, y por suerte Marzolini se ríe porque tiene humor:

—Con karma feo se reencarnó la señora. Nació con vos, pero de la vida anterior se traía en el changuito un marido, dos hijos y una suegra.

Yo sabía que en aquel tiempo, cuando él era un jovencito, había estado un poco chiflado. No hablaba con nadie, de noche escribía poemas y al día siguiente buscaba a quién dárselos. O los abandonaba al azar, en un banco de plaza, en el ómnibus, en un bar. Y fue en medio de ese vacío que descubrió a quien llamaré la neonata que carga en un hatillo con un marido, dos hijos y una suegra.

VI

¿Eres tú Nadie también?, pregunta mi Ulises

Más de una vez, más de cien veces me había hablado acerca de su triste adolescencia tardía. Y el marinerito completó ese episodio clave en su vida: cómo se había rescatado de su etapa de vagabundo. Me lo terminé aprendiendo de memoria:

—Apareció en la ciudad desierta y solo yo, que naufragaba en el vacío, que no encontraba a nadie, supe verla. Yo había empezado a vivir en la calle, cerca de los linyeras pero sin compartir nada con ellos en las vías del tren casi abandonadas; los edificios y las casas habían empezado a presentárseme como moles de cemento compacto, impenetrables, sin vacío interior. Y apareció ella. Cuando entendió que yo la veía se detuvo. Quedamos paralizados, mirándonos a doscientos o trescientos metros de distancia. Supongo que las personas en la calle debieron atropellarnos, o se habrán percatado de nuestra locura y se harían a un lado; yo no veía ni autos ni a nadie interponiéndose. Éramos como dos seres de carne y hueso en un mundo de fantasmas casi transparentes. Lentamente nos fuimos acercando, un pasito ella, un pasito yo. Habremos demorado horas. Fueron horas; ella me contaría después que contra su costumbre ese día había regresado muy tarde a su casa.

"Era exactamente como el acercamiento de los dos duelistas en la escena final de una buena película de vaqueros; nos acercábamos pero los dos aterrorizados al mismo tiempo, queriendo escaparnos. Cuando estuvimos frente a frente, casi tocándonos, volvimos a paralizarnos. Muchas veces tratamos de recordar quién habló primero y nunca lo supimos. Pero sí sabíamos lo primero que dijo ella y lo primero que dije yo. Ella me preguntó si necesitaba algo y tuvo el impulso de abrir su bolso para darme dinero, y yo le detuve el gesto tocándole la mano, un roce que fue para ambos como una descarga eléctrica. Yo, por mi parte, le recité un poema, con una sonrisa, como queriendo no ser tomado en serio, un poema de Emily Dickinson que en su precisión me indica ahora cómo era lúcida mi locura de entonces, una precisión que muchas veces me hace recordar con nostalgia aquel tiempo en que yo era un artista cuyo destino no supe continuar".

(Resentida, porque en el fondo lo que mi muñeco estaba diciendo era que esa mujer había sido real, mientras yo no pasaba de ser un ectoplasma, muchas veces le pedí que me repitiera ese poema, con la ilusión de que esta nueva vez lo diría para mí. Lo busqué en internet; yo lo recuerdo ligeramente distinto, así:)
¡Soy Nadie! ¿Quién eres tú?
¿Eres tú Nadie también?
¡Somos dos, entonces!
No lo cuentes, nos descubrirían.
¡Qué feo ser alguien!
¡Qué insolencia, como una rana,
repetir el propio nombre todo el verano
al eco de un pantano adulador!

Empiezan a encontrarse en piezas de moteles, nunca en el mismo. Acuerdan no saber nada uno del otro. Y ahí, en esos feos e insalubres pesebres va naciendo la neonata. (Una vez le rogué a Marzolini que me llevara a uno de esos lugares, que llamo insalubres porque el turno que pasamos, él hablando y yo sentada en la punta de la cama, fue sumamente tenso para mí. Para no ver en el televisor los ajetreos entre gemidos de émbolos y pistones, me la pasé mirando la colcha, la pileta, el picaporte con una aprensión insoportable. Había también una especie de burrito mecánico para montarse y sacudirse, recubierto de una felpa que llegué a ver hirviente de gonococos).

Los encuentros con la neonata que arrastra trenzados en su propia placenta a un marido, dos hijos y una suegra (y al monedero con el que pagaba en la recepción del motel cada cuota del parto, porque él seguía su destino de indigente) se repiten y de alguna manera también él renace porque esos niditos infectos lo curan de la claustrofobia. Abandona su vagabundeo y se va a vivir a la casa de la hermana. Primero duerme en la pieza de su sobrino chiquito; después él mismo limpia y se organiza un galponcito atrás del patio y se va a vivir ahí, con calentador y bañito. Se cura de espanto; al año empieza a trabajar en changas y al año o año y medio ya está sentadito en una oficina tecleando en una computadora. Se alquila un departamento y después muere la madre y él se muda a la casa natal (y es allí donde voy y toco el timbre, un oasis de paz, un palacio de pulcritud dado que Marzolini es maniático del orden y le gusta el vacío zen, un hogar que sueño con el único mueble del sofá cama, una casa que sueño preparada para una fiesta cuya única invitada es la susodicha).

VII

Corta el cordón con la neonata

Como todavía estaba loquito no sabe precisar cuánto tiempo duró el romance con la neonata. ("¿Pero más o menos cuántas veces se encontraron: dos, diez, cien, mil veces?", lo interrumpo yo, sin entrar en otros particulares que me arrojarían al insomnio). Calcula que se habrán encontrado unas veinte veces (si dijo veinte habrán sido doscientas; no habrá querido perturbarme aún más, habiendo registrado cómo me roía las uñas), una vez cada quince días, raramente una vez por semana. No queríamos, dice, hacer daño a nadie; ella no podía ni quería dejar a su familia (y como entonces yo no pude retenerme de largar alguna vulgaridad que ahora me avergüenza repetir, Marzolini se explayó sobre el sentimiento de culpa de ella, del acuerdo al que llegaron para aliviar la infidelidad a su familia que la torturaba; un acuerdo que en primer lugar consistía en mantener un anonimato que ella apenas traicionó para hablar precisamente de su situación de casada con dos hijos, una suegra y un trabajo para mantener a todos, y que él, Marzolini, conjeturaba, a su vez habrá traicionado con su mera apariencia, con la distinta presencia que cita a cita iba presentando, de linyera roñoso a pulcro jovencito (y elegante, es necesario precisar, porque lo conozco, con esa elegancia un poco excéntrica, no por su rareza sino por la constante variación de su vestuario, que en un mismo día puede pasar de un trajecito de comunión a un colorinche hawaiano –tiene baúles llenos de ropa; se gasta todo el sueldo en trapos–, siempre demostrando buen gusto, aunque hay que admitir que lo que vale en estas cosas es la percha).

Así que acordaron que sus encuentros fuesen algo que les sucediera fuera de la vida (o mejor dicho, lo único real que les sucedería en medio de un sueño eterno, ya que para Marzolini sobre todo se trataba de la realización de un sueño soñado en los poemas y cartas que iba repartiendo por ahí a los desconocidos, esperando encontrar finalmente alguien de carne y hueso). (Y yo me muerdo las manos para retenerme de pellizcarlo y comprobar que ninguno de los dos es de gomaespuma). De manera que para que la pesadilla no acertara a filtrarse en esa única, breve y periódica realidad se vedaron intercambiar precisiones biográficas, así como se cuidaban de citarse cada vez en niditos y barrios distintos.

Pasa el tiempo, un año y medio calcula Marzolini (suponiendo lo menos una cita cada quince días, en año y medio son como cuarenta encuentros, no veinte, y según mis deducciones el picoteo acaecía bastante más seguido que una vez por quincena), y la neonata empieza a ponerse pesada (eso lo interpreto yo; él nunca lo diría en esos términos). Mientras ella se enamora cada día más, él sienta cabeza y lo atraen otros fenómenos, lee, estudia, trabaja en lo que puede, empieza a conocer gente. Ella debe haber entendido que el jovencito se le iba de entre las manos (y de entre las entrepiernas, perdón, pero tampoco la pavada) y debe haber empezado a sentir lo que habían jurado no sentir, las ansias de posesión, las ansias de saber qué pensaba él en cada momento, qué hacía en cada momento, de ser toda él; rencor y celos.

Y en la reunión siguiente a la de la camiseta del Mundial 2006, cuando Marzolini me recibe vestido de Gauchito Gil, llego y le digo:

—Aquella mujer, la neonata con marido, hijos y suegra, debe haber visto cómo cambiabas día a día, encuentro a encuentro.

Pensé en eso porque hoy escuché un vals de Canaro y Manzi que ella te podría haber cantado.

Y se lo canté. Al final me aplaudió, pero no le gustó para nada:

Yo soy como siempre, yo nunca cambié,
mi ropa es la de antes, mi vida también.

La luna es la misma que vimos los dos
colgada en la punta de aquel callejón.

Si todo es como antes, si nada ha cambiado, si todo es igual,
parece mentira que solo tu vida pudiera cambiar.
Te miro y no sé, me cuesta creer,
que seas el mismo que quise una vez.

Porque un día resulta que el muchachito falta a la cita. Y bastó que un día él faltase a una cita para que no se encontraran nunca más.

Un mes después el jovencito Marzolini se arrepiente, dice que sintió nostalgia (nostalgia, sí, llámala nostalgia), busca como loco en los lugares donde ella también podría estar buscándolo. Todas las noches, en las horas que solían tener lugar las citas, corre de un barrio a otro, de un nidito infecto a otro. Nada, nunca más. Rastrea la calle donde la conoció, el callejón al fondo del cual miraban la luna antes de despedirse, nada, nunca más.

Y ahora, Marzolini, con trapos rojos colgándole como jirones (más que Gauchito Gil parece Mick Jagger joven, cuando cantaba bailando y reboleando una larga echarpe rojo punzó), vuelve a insistir en que Margarita Flaçon pueda ser la neonata. Y el loco con voz de cotorrita capaz que es otro señor con quien a la neonata le sobrevino otra reencarnación (esto lo malicio yo; Marzolini imagina que el tipo pueda ser el marido, que recién ahora, cuando la señora se le estaba desvaneciendo, descubría su portentosa carnalidad. Yo trato de encarrilarlo y disparo la pregunta que traigo atragantada de, por lo menos, diez páginas atrás:)

—¿Así que después volviste todos los domingos a la iglesia para ver si la encontrabas a la del atrio que te zamarreó y te dejó lleno de moretones? Se te fue rápido, el susto. ¿O será que te gusta que te moretoneen?

Me acuerdo, textual:

—Volví a la iglesia porque me gustó decir cosas en coro, estar en buena onda espiritual con gente tranquila, que tiene la mente puesta en una esfera superior y no se entromete siempre interrumpiendo lo que uno busca expresar. Y porque si no se tiene fe hay que ir y pedirla.

(Cuando Marzolini se hace el gurú empiezan a chiflarme las tripas y me revuelvo en el sofá cama con ganas de irme. Él sigue como si nada:)

—Aunque siempre me ponía nervioso el momento de "La paz sea contigo", iba para ver a las dos hermanas con quienes nos besamos aquel domingo de Pascuas. Nos sonreíamos, caíamos siempre en el mismo banco. Yo llegaba temprano para ocupar el lugar, y ellas también; al final llegábamos cuando todavía no había nadie en el templo y nos saludábamos y cruzábamos algunas palabras ahí sentados. A veces se ubicaba a mi lado la hermosa, a veces la más hermosa. Son muy graciosas, entre ellas se ríen, no en la iglesia sino cuando salimos.

De manera que ahí caigo: el verdadero asunto no es con la Flaçon, ni con el loco que la busca, ni con la neonata, sino con los piquitos que intercambiaba con las dos hermanas mosquitas muertas.

VIII

Hagiografía

En la cita siguiente –de riguroso sport Gran Gatsby– logro que se despache: ninguna de las dos hermanas practicantes católicas apostólicas romanas puede ser Margarita Flaçon, a menos que hubieran mentido el nombre. Se llaman Florencia y Rita; Flor la hermosa, Rita la más hermosa. Cada domingo charlan un rato en el atrio y junto a las verjas de la iglesia. Él tuvo el mal tino, por timidez, de decirles la primera vez que iba para el otro lado, así que se separaban enseguida, hasta el domingo en que él les pregunta si quieren que las acompañe porque tiene ganas de pasear, y ellas dicen que de acuerdo, pero astutamente enfilan para la costanera.

—¿Cómo es la hermosa y cómo la otra? —pregunto, apenas puedo deshacer y tragarme el terrón de barro seco atascado en la glotis.

Contesta que la hermosa es hermosa y la otra es hermosa y feliz. (Apenas dice esto adivino que la cosa me desvelará varias noches seguidas. Yo siempre busco presentarme feliz y aprendí a fingir, pero no sé si logro ser convincente. Mi amigo filósofo de bar dice que finjo bien, que soy la exacta réplica de la santa mártir que sonríe extasiada encima de la hoguera. Como creo que, a su manera, también él es un santo, le digo que sus demostraciones de felicidad, es decir sus bromas pesadas y su cinismo, son como el chiste de su tocayo Lorenzo, quien en su martirio pidió que lo dieran vuelta en la parrilla porque de ese lado ya estaba cocinado –y él, que no pierde ocasión para jorobarme con su erudición, corrige la sentencia citándola en latín y en una más precisa traducción: *Assum est, inqüit, versa et manduca:* denme vuelta, que de este lado ya estoy a punto–. Y después me retruca que sí, que yo soy esa santa sonriendo en la pira, pero mirando de soslayo a las multitudes que asisten a la quema, y guiñándoles un ojo. Le retruco que si él pide que lo den vuelta en la parrilla a viva voz es para que lo oigan en las tribunas y lo registren los historiadores. Él me dice que si se mira bien yo aprovecho que las llamas ya han quemado mis túnicas, pollerines y bombachudos para retorcer mis carnes doradas en un cadereo que también simula alborozo. Yo le digo que si pidió que lo dieran vuelta es porque ahora que lo ponen de espalda a las brasas puede mostrar el espectáculo de sus poderes, aunque estén achicharrados y disminuidos de tamaño, o precisamente por eso ahora puede por fin ostentarlos suponiendo que los espectadores darán por descontado que se debe al fuego la reducción de los mismos a un porotito. Él me dice que finjo bien, pero que el fuego quema y se me empieza a notar una cierta sensibilidad nerviosa. Yo le digo que él da vuelta la cara para que no se note que ya se arrepintió de la bravuconada, porque ahora quema del otro lado, le quema por todas partes. Él me dice que sin embargo de golpe resplandezco, que en el tramo final soy –o todos me ven– realmente feliz; ya estoy en el Paraíso y si estoy fingiendo no se nota para nada. Y con esa salida benevolente me desarma y me gana la partida).

Domingo a domingo se repiten los encuentros y los paseos después de la misa matutina. Las hermanas mosquitas muertas enseguida entran en confianza y se enlazan cada una a un flanco de Marzolini. Ellas son más petizas que él y de lejos me los figuro como un panadero con dos canastos colgándoles de los brazos.

Siempre sucede que en un cierto momento de la caminata

ellas se sorprenden de lo tarde que se ha hecho y se apresuran a llamar a un taxi. Corren y trepan al auto rápidamente, apenas despidiéndose de Marzolini, de manera que él empieza a sospechar que las mosquitas oculten algún misterio que se descubriría si lo dejaran acompañarlas hasta su casa. Incluso cuando los sorprende una repentina lluvia durante el paseo buscan y suben atropelladamente a un taxi sin querer compartirlo. Algo esconden. Visten bien, son chicas que tienen esmerada educación, pero quizás vivan en un rancho, o en un cabaret, o quizás haya alguien esperándolas en la puerta con un látigo en la mano, algo hay.

Durante los paseos charlan de cosas nada íntimas, de las noticias que trajo el diario local donde Marzolini les ha dicho que trabaja como empleado administrativo, de sociopolítica menuda, de la degradación de la moral pública, la inseguridad, la inflación, cosas así, las cosas que sufrimos la gente común que no subsiste chupando la teta del Estado. Marzolini les cuenta que vive solo, que se ocupa de su casa, que no tiene televisión y le gusta leer y escuchar discos en viejos combinados. La hermosa refiere que está estudiando gerencia de empresas, y la más hermosa que se recibió de escribana pero todavía no ejerce porque se tiene que ocupar de la casa y de la mamá, que es un poco mayor y tiene sus berrinches.

En verdad (me cuenta, poniendo cara de Gatsby enamorado) son paseos que parecen una extensión mística de la iglesia en la naturaleza del cielo y de la laguna y los árboles y pájaros de la costanera. A él se le ocurre una imagen que a ellas les encantó y sobre la que volverán cada domingo. Él les dijo que había soñado (mentira, seguro que lo estuvo pergeñando meticulosamente) que vivían en el campo, que los domingos él iba a la iglesia, y ahí se encontraba con ellas, y que después regresaban juntos a sus chacras. Salían de la iglesia y caminando dejaban atrás el pueblo, entraban en la campiña y atravesaban un bosque, una playa, una selva... A ellas les gusta siempre volver a esa fantasía. Señalan una nube grandota en el horizonte:

—Tenemos que subir al Everest.

Pasa una barquita por la laguna:

—Ahí llega la nave a bordo de la cual tenemos que cruzar el océano.

Hace frío y garúa:

—Estamos en la estepa rusa.

Y yo no me aguanto:

—Hasta que te dicen: Ahí viene un taxi. Chau chau, y quien te ha visto no se acuerda.

Me mira con cara de no apreciar mis ironías y sigue, que el domingo pasado estaban paseando por la costanera y una de las mosquitas larga:

—Ahí va una procesión de barcas llevando a la Virgen de Caacupé.

Y fue entonces, me dice Marzolini, cuando se acordó de la historia de la Niña Santa del cementerio.

—¿Sabés de qué hablo, no? ¿Conocés la historia de la Niña Santa?

Me dejé sacudir por los espasmos:

—Me estaba durmiendo... ¿La santa de qué?

—La santa del panteón, la que hace milagros. En la época en que escribía cartas para nadie, antes de que apareciera esa mujer que me salvó la vida...

—Que a vos también te debe la vida, porque estaba cianótica, azul, con el cordón umbilical anudado en el cogote, el cordón del que le colgaban un marido, dos hijos y una suegra. (El chiste no le gusta, larga una risita distraída y sigue:)

—En esa época en que yo andaba desesperado, invisible para todos, fui una vez al cementerio y vi ese panteón enrejado para que la gente no se meta, pero por los barrotes los promesantes echan de todo, exvotos, vestidos de novia, muletas, y miles de papelitos pidiendo gracias. La cosa me deslumbró. Empecé a escribir a los muertos. Y la primera cartita fue la que eché ahí dentro de ese mausoleo. ¿Conocés la historia de la Niña Santa?

—No es santa. No está reconocida por la Santa Madre Iglesia y por lo tanto es solo un motivo de superstición. Dios quiera que yo sepa resistir a esa credulidad de ignorantes. Ya te dije más de una vez que no vayas para ese lado que no me gusta. Hasta prefiero la historia de Dido, la emperatriz venusina que se arrancó las antenas cuando decidiste volver a la Tierra. No me hagas enojar.

—Te pregunté si conocías su historia. Nunca pude contártela y tuve que recurrir a viejas prácticas para que alguien pudiera escucharme. Mejor que ni hablemos.

—Sí, mejor no hablemos, porque la verdad es que mucho no me interesa.

El Gran Gatsby se enoja. Se levanta y sin el mínimo *charme* escupe:

—Ya es tarde. Mañana madrugo. Te abro el garaje.

IX

El hábitat de las mosquitas

Para la tertulia siguiente los dos aparecemos mansitos. Él, vestido como chulo de zarzuela, con torerita, calzas bordadas y escarpines negros.

Me preparó canelones. Le lavo los platos y me tiro en el sofá cama.

Y recomienza.

Un domingo falta la más hermosa. La otra llega tarde a la misa, y cuando con Marzolini se dan los piquitos de "La paz sea contigo", le espeta: "Necesito hablar con usted". Se la nota nerviosa, pide a Dios con intensidad desacostumbrada; ensimismada sigue arrodillada y escondiendo su cara entre las manos cuando todos se ponen de pie o se sientan. Termina la misa, salen. Ella le dice:

—¿Esta tarde dispondría de tiempo para acompañarme a mi casa? Mi hermana y yo tenemos que pedirle un favor importante.

Marzolini acepta entusiasmado. Deciden encontrarse esa tarde ahí mismo, en la puerta de la iglesia.

—Ahora tengo que irme —dice la mosquita apechugada. Parte, rauda, y Marzolini se queda sin paseo por la costanera.

Por la tarde ahí está, puntual.

De nuevo aparece sola la mosquita Flor y se lo lleva volando a su casa.

(Yo interrumpo, pido un minuto para ir al baño. Me lavo la cara. Me hablo al espejo: "Llevalo otra vez a la historia de la Flaçon. Sacalo de ahí porque si se mete en la casa de las mosquitas muertas despedite de tu lindo muñeco". Me siento en el inodoro con la mano sosteniéndome la cabeza por las cejas como la atribulada Flor habrá sostenido la suya en el reclinatorio. Una pregunta para mi amigo filósofo de bar: "¿Hasta dónde hay que respetar la libertad de los demás?". La pregunta no está bien formulada; mejor que sea más directa: "¿Hasta dónde tengo que respetar la libertad de mi tesoro?". Y como me la formulé mil veces ya sé la respuesta: "Tengo que respetarla hasta el punto en que yo me percate de que conviene encarrilarlo". Lo que pasa ahora es que no sé si conviene encarrilarlo. El problema es que en esta ocasión prefiero saber lo que el señor anda buscando. Más de una vez lo vi llegar a un punto en que hasta había peligro de muerte y supe rescatarlo y llevarlo a otro lado con cualquier arma –una vez me levanté, rompí en mi arrebato el velador y lo dejé hablando solo en la oscuridad–, pero ahora no puedo dejar de saber adónde llegó con las dos benditas Bernardetas, adónde llegaron ellas mejor dicho).

Regreso al diván.

—¿Y entonces? —lo incentivo, tapándome las piernas con la manta peluda, fingiendo gestos de indiferencia y un largo bostezo.

Me reprocha que haya estado una hora en el baño y perdido la descripción de la casa de las hermosas, que era una pensión que regenteaba la madre, más que pensión un conventillo, pero raro porque la casa era un viejo palacete enorme mantenido más o menos bien, bastante limpio, con un gran jardín y largos patios interiores. Y que me hubiera perdido la narración de su sorpresa, porque él una noche había estado en esa mansión, cuando había ido a filmar el cuento de esa historia que yo no le había dejado contar nunca. Pero aquella vez, acompañado por el encargado del estudio de grabación, no se había percatado de la inmensidad ni de la singularidad del lugar, porque rápidamente lo habían guiado por unos corredores y lo habían encerrado en el estudio para la filmación.

(Se interrumpe con un falso ataque de tos y para arrancarse los escarpines y las medias y rascarse el pie de atleta que se contagió por caminar descalzo en el vestuario del gimnasio donde se inscribió para hacer pesas, y donde se peleó enseguida porque dice que a todos les daban unos aparatos pesadísimos y a él le dieron dos maracas. Espera que yo me agite o le pregunte algo sobre esa novedad de la filmación, pero me muerdo la lengua).

Retoma, resentido, y cuenta que las dos pobres hermanas, con apenas tres mucamas, se ocupan de la limpieza, de la administración y de todo lo demás, porque la madre hace un tiempito que se ha enclaustrado en su pieza. El gran palacete está lleno de pensionistas, así que toda esa gente entrando y saliendo, o haciendo cola para ir a los baños, resultaba desconcertante, sobre todo porque mientras se introducían en la casa la mosquita que lo guiaba no dejaba de saludar a los que se cruzaban, darles recados, cerrar una ventana, correr una cortina, recoger al pasar papeles o basuras dejadas en cualquier lado por los huéspedes. Había dos tipos de ocupantes, como la mosquita le explicó en la calle mientras se acercaban, preparándolo para ese escenario que indudablemente ella y su hermana se habían acobardado de presentarle antes y que alguna razón las obligaba ahora a revelar contra su voluntad; por un lado estaba la gente bien que paga por su alojamiento, gente de todas las edades que necesitaba un lugar familiar y de regular categoría para vivir o pasar una temporada, y por otro lado estaba el grupo de gente alojada por caridad, provocando siempre algún descalabro, tipo traerse poco a poco toda la parentela, o subdividir y subalquilar sus cuartos.

La mosquita Flor lo lleva por zaguanes y corredores. Golpea a una puerta, la entreabre, pide permiso para pasar con un amigo. Entran. Es un salón, una especie de comedor atestado de muebles y cajas.

Hay alguien en ese lugar en penumbras al que han ingresado.

La mosquita más hermosa.

Se levanta, tiende una mano de reina destronada. Marzolini nunca la había visto desprovista de sonrisa.

Contra la pared hay camas plegables que revelan su uso también como dormitorio.

(Pego un salto como si los resortes del sofá cama de Marzolini me hubieran dado una patada. No sé cómo me retengo de preguntarle: "¿Y vos vas a terminar usando esas camitas plegables, y para visitarte y charlar un rato voy a tener que ir al conventillo y tirarme arriba de unas colchas hediondas?" Enseguida disimulo y finjo bostezar. Él se crispa: Bueno seguimos otro día, es tarde. No, le digo, dale, así la próxima pasamos a otra cosa más interesante. No, dice él, se calza frenéticamente y se levanta rabioso, chocando contra la mesa de luz, haciendo caer el maldito velador y rasgándose los escarpines charolados y las calzas bordadas. Yo ya no puedo volver atrás y me voy despechada).

X

El Palacio Encantado

Pasan cinco días y me recibe con ese traje atildado de los ciclistas que modelan un bulto enorme. Me cocinó niños envueltos en hojas de parra y puré de banana con arrope de tuna.

Cuando terminamos de comer enciende su cigarrillo y vuelve a darle a la matraca con el conventillo al que acaba de entrar.

Me recuerda que llegó a la pieza de las mosquitas muertas. Le ofrecen una silla, ellas también se sientan, y entre las dos le hablan de un hombre que llegó años atrás proponiéndoles alquilar con pensión completa un cuarto apartado, del cual extrañamente conocía todos los detalles, ofreciendo como pago una suma extraordinaria. La viuda le preguntó por qué no se instalaba en el mejor hotel de la ciudad, que le iba a salir más barato. Y el tipo le dice que no es para él, que se trata de un caso especial, de un artista que aspira a un aislamiento completo, que quiere trabajar y vivir sin ver a nadie, que él garantizaba que este hombre no iba a presentar ningún problema, que solo tenían que respetarle el enclaustramiento, dejarle la comida al lado de la puerta sin necesidad de entrar nunca porque él mismo se ocuparía de la limpieza, y yo -dijo este intermediario- voy a pasar regularmente para pagar el alquiler y traerle a mi amigo lo que necesite, ocuparme de llevar su ropa al lavadero, proporcionarle los materiales de su trabajo y recoger sus obras para venderlas.

En ese tiempo todavía no tenían ningún pensionista. Dos años antes había muerto el padre, un señor del cual lo único que conviene saber (así lo despacharon las zoncitas) es que había malgastado su vida y la fortuna de su esposa. (Me retuve: algún gen les habrá quedado). El palacete figuraba a nombre del hermano de la regenta, de ahí que se hubiera salvado del despilfarro.

Y las mosquitas le cuentan la historia de la casa. Una mansión edificada por uno de los ingenieros del Ferrocarril Francés, levantada en un terreno que entonces estaba en los lindes de la ciudadela, en medio de chacras y de los talleres del propio ferrocarril, propiedades todas que a la larga pasaron a formar parte también del terreno del francés que buscaba construir dentro de su casa una ciudad ficticia donde pudieran quedar resguardadas su mujer y las siete hijas. Las historias de malones y cautivas, y las historias de estupros en las rencillas civiles entre caudillos de la zona, que el ingeniero había oído en estas tierras salvajes, poblaban sus pesadillas. Le habían vaticinado una muerte próxima, que finalmente se dilató tanto como para que la casa se extendiera hasta lo incontrolable. En práctica la expandía con el mismo mecanismo con que se expandía su enfermedad y con la progresión geométrica con que se expandía su riqueza, que le permitía planificar un ala de la casa, encargarla, pagarla y (la enfermedad era cerebral) olvidarla, para emprender la planificación de otra y olvidarse, para comprar un terreno aledaño y seguir con su locura, ya olvidado incluso de la mujer y de las hijas, perdidas en el laberinto o huidas a Francia, según las distintas versiones resentidas de los vecinos a quienes la construcción iba desalojando en su avance. En el último estadio de su enfermedad, ya dilapidados los bienes y herencias europeas, el hombre recobró momentáneamente la memoria y llamó a su mujer y llamó a sus hijas, y le respondieron voces lejanas, ecos de voces, y las buscó, corrió en la dirección de la cual parecían provenir esas voces, corrió por los pasillos y abrió las puertas de los cuartos que se cruzaban en su camino y atravesó los patios y vestíbulos hasta que cayó rendido. Y apenas terminaba de caer cuando resonaban las voces llamándolo, el eco de los ecos, y nuevamente se largaba a correr por los lugares que había proyectado y visto crecer pero que nunca había habitado. Y así, cada vez que caía extenuado lo alzaba una ráfaga que atravesaba los corredores y azotaba las puertas trayéndole las voces, papá, papito, los gritos, ¡mon pére, *Gustave mon amour!* Lo encontraron, ya momificado, en un salón perdido, cuando el municipio se decidió a expropiar y subastar la propiedad.

El abuelo materno de las mosquitas muertas, un armenio llamado Kazan, que había llegado a la Argentina de adolescente, sin una moneda, y que había empezado lustrando zapatos y terminó siendo un exitoso comerciante, se había adueñado de ese despropósito en un remate comunal en el que no hubo otros postores por la falta de planos fehacientes y por el estado ruinoso de algunas alas.

El armenio legó la propiedad a su hijo mayor, el tío de las mosquitas, y cuando ellas y su madre viuda se hundieron en la miseria, el heredero les brindó hospitalidad. Las chicas todavía estudiaban en el secundario. Y de un día para el otro ese tío solterón se muere y el palacete pasa a ser de la regenta madre. Se proponen venderlo, y justo entonces aparece este hombre ofreciendo una suma que les bastaba para mantener la mansión y vivir decentemente.

El intermediario les presentó un contrato. "¿Lo busco?", pregunta una de las hermanas.

Sacan el contrato de un armario, lo leen. Un contrato firmado por un intermediario y garante, en nombre del inquilino, y que especificaba las características del departamentito en cuestión, aislado, con lucernario en el techo y ubicado en el extremo del ala oeste de la propiedad, y estableciendo como parte esencial e ineludible del acuerdo que se respetaría la vida recluida que buscaba llevar el inquilino, sustrayéndolo de todo trato y contacto con persona alguna y de toda comunicación de cualquier tipo. Que el intermediario y garante sería el depositario de cualquier notificación que se quisiera manifestar al inquilino, registrándose sus datos y distintos teléfonos para ubicarlo en cualquier momento que se requiriera su presencia. Que el alquiler incluía pensión completa, a saber: desayuno, almuerzo, merienda y cena, cuyos horarios estrictos y dietas se detallaban. Que las distintas colaciones serían dejadas a la hora señalada en una bandeja junto a la puerta del cuarto del inquilino, cuidándose posteriormente de cerrar la puerta del pasillo y la puerta al patio que lleva a tal área de la casa. Que el propio inquilino se encargaría de la limpieza de las dependencias en cuestión.

En definitiva, refiere Marzolini, el contrato detallaba todo lo necesario para asegurar el aislamiento del inquilino, además de establecer el monto realmente suculento que el intermediario y garante se comprometía a abonar semanalmente y de acordar las condiciones que se reservaba la propietaria para rescindir el contrato en cualquier momento, previo aviso al intermediario y garante de como mínimo tres semanas de anticipo.

Habían dudado si aceptar esta propuesta tan rara, pero al final la madre regenta había cedido a la tentación de conservar el palacete que había sido el hogar de su infancia. Y una noche entró a vivir el inquilino.

XI

Las chinitas espían detrás del biombo

El intermediario y garante había avisado que acompañaría el ingreso del inquilino tal día a tal hora, y que lo excusasen por no realizar una presentación formal. Les pedía que abrieran la puerta y no interrumpiesen la marcha del huésped hacia el departamento que iría a ocupar, el departamento que el propio intermediario y garante se había esmerado previamente en acondicionar, con una mudanza que incluyó caballetes, telas y pinturas que persuadieron a las mujeres de la casa sobre el talante artístico del inquilino.

Y llegó la noche en que el misterioso huésped fue a instalarse.

Sonó el timbre. La regenta fue a abrir y las dos adolescentes mosquitas muertas se escondieron detrás de un biombo para espiar. La regenta había encendido todas las luces. Abrió la puerta y se hizo a un lado. El intermediario y garante se detuvo a darle la mano y después hizo señas hacia la calle oscura. Se oyó abrir y cerrar la puerta de un auto. Y enseguida el intermediario y garante ingresó en la casa seguido por otro hombre, casi una sombra, que apenas murmuró un buenas noches al pasar junto a la regenta, y que rápidamente detrás del intermediario y garante atravesó el zaguán y siguió hacia la puerta que se abría a un pasillo y junto a la cual estaba el biombo con las chicas escondidas.

Y entonces, cuentan ellas, el tiempo se suspendió dándoles la oportunidad para escanear al inquilino de arriba a abajo hasta quedar ensartadas en lo único relativamente desnudo que mostraba el hombre, ya que tenía tapadas hasta las manos con guantes y la cara con una máscara que se continuaba con una suerte de capucha que le cubría la cabeza y el cuello, de manera que solo les restó prenderse del brillo que saltaba detrás de los agujeros de la máscara que correspondían a los ojos. Y ese brillo, según cuentan las dos hermanitas, no era un brillo que saltaba para afuera sino que ardía en lo profundo de lo negro, como una fogata en el fondo del mar. Así que aprovechando que el tiempo se había detenido las niñas se tiraron en esos dos mares negros y sin embargo luminosos, un mar para cada una. Después, como todo en la vida, volvieron a precipitarse las cosas, y las bañistas retrocedieron saltando a su lugar detrás del biombo, y el enmascarado se perdió internándose hacia los fondos de la casa. Y así las dos hermanas, desmayadas, casi ahogadas, naufragando, dicen que atisbaron por primera y única vez al pintor enmascarado que hacía siete años vivía en el fondo de su casa.

Y ahora resulta que contra la costumbre, contra la puntualidad exacta que no había sido infringida nunca en estos siete años, tres semanas atrás no había aparecido el intermediario y garante para pagar el alquiler y para traer y llevar las cosas del pintor enmascarado. La regenta madre se volvió loca, más loca de lo que estaba después de su reciente reclusión. Las hijas trataron de aplacarla, pero como el tipo seguía sin aparecer la regenta madre se hizo traer el teléfono y llamó a todos los números que había dejado el intermediario y solo en el último la atendieron, que era su lugar de trabajo, y le dijeron, con cautela primero y después, dado que ella no quería darse por enterada, clarito y directamente, y ella lo repitió para las hijas que la rodeaban, que el intermediario y garante se había muerto de un ataque al corazón.

Y ahora las hermanas quieren que Marzolini las acompañe a dar la noticia al pintor enmascarado.

(Llegados a este punto me pongo nerviosa y me agarro de cualquier cosa. En la vida aprendí a controlarme; en efecto éste es uno de los argumentos que esgrimo cuando mi amigo Lorenzo me discute que nuestro destino está signado no por los dioses sino por los genes históricos y socioeconómicos, y yo para demostrarle mi libre albedrío le cuento cómo cambié en la vida y aprendí a controlarme. Por ejemplo, de niña yo era respondona y de adolescente contestataria, politiquera. Creía que estaba bien ser sincera y decir todo lo que se me cruzaba por la cabeza, pero por supuesto enseguida comprendí que no se trataba de un método muy adecuado para andar cosechando aplausos y simpatías. Tuve que morder el polvo antes de entender que mi supuesta virtud estribaba en el capricho de no saberme aguantar. Y lo tuve que entender sola porque nunca soporté la idea de someterme a un maestro o consejero o lo que fuera. Tuve que entender que esa sinceridad era un vicio. Yo contestaba y discutía y largaba mis discursos cuando no me lo pedían, incluso cuando no tenía nada que decir, incluso cuando me veía obligada a decir cosas que de pensarlas dos veces me las hubiera tragado con la lengua. Y así, quise cambiar, aprendí a callarme la boca, a escuchar a los demás y a salir un poco de mis trincheras, de mis fortalezas, que eran en verdad cárceles. Aprendí a decir algo cuando tengo que decirlo, y a tapar las cosas cuando decirlas lleva a un mal peor que la falta de sinceridad. Hasta me aprendí esos mohines que antes odiaba, sonrisitas risueñas que encantan y seducen. Sí señor, aprendí a controlarme, y parezco, soy mejor dicho, de una normalidad intachable. Pero cuando se trata de Marzolini pierdo la cabeza. Me incorporo en el sofá cama y bufando le digo mirándolo a los ojos:)

—Lo de la Flaçon se terminó, ¿sí o no?

(Y cuando le meto el dedo en la llaga, Marzolini tiembla y se retuerce las manos para no estrangularme:)

—Lo de la Flaçon... no te lo quiero contar. Nunca me dejaste contar cómo terminó la historia con esa mujer que me salvó de la calle. Me la tuve que arreglar por mi cuenta para no quedarme con el nudo en la garganta, así que ahora no me vengas a decir lo que tengo que contar.

(Marzolini me larga todo esto unos nueve o diez encuentros posteriores a la noche en que, vistiendo la bata oriental bordada con cigüeñas de alas desplegadas, me contó que había recibido el llamado del loco por la Flaçon. Escribir este registro lleva su tiempo, y yo soy una mujer que trabaja y mantiene su casa, que se informa a través de los diarios y de la televisión, que se cultiva leyendo novelas clásicas y yendo a un cine club, y no está por lo tanto todo el día a disposición del *Sturm und Drang* de Marzolini, de manera que el presente va cambiando y no te auguro, hipotético lector, que ese presente avive para ti la velocidad con que a mí se me escurre. Una vez –aquélla posterior a Marzolini vestido de Gauchito Gil, cuando estaba de Gran Gatsby– le pregunté si el tipo había vuelto a llamar, y Marzolini me dijo que no, que no lo distrajera, y quiso seguir paseando por la costanera con las mosquitas muertas. Ayer –Marzolini enfundado en calzas de ciclista– como decía terminé descontrolada y me incorporé en el sofá cama:)

—No. Primero me contás qué pasó con la Flaçon.

—Pasa que el pintor enmascarado la pintaba.

—¿A Margarita Flaçon?

—A vos te va a pintar, clavando las uñas como las estás clavando en el almohadón de plumas... No, la pintaba a Rita.

—¿A la mosquita más linda?

(Se me enoja; delante de él nunca había llamado así a las hermanas. Pero al rato se suma y ya bromea. Dice que el pintor enmascarado la pintó divina, hasta con las alitas y el piquito con el que va chupando sangre por doquier).

Resume: él acepta acompañar a las hermanitas para avisar al pintor enmascarado que se ha muerto su protector y preguntarle qué es lo que piensa hacer.

Se internan por los pasillos y los patios del palacete-conventillo lleno de gente de las condiciones más diversas, y se acercan a una especie de departamento que hay en el fondo de un jardín.

(Yo permanezco incorporada, mirándolo ceñuda, y de vez en cuando sacudiendo una mano para indicarle que se apresure y vuelva de una vez a misia Flaçon).

Llegan al departamentito. Flor saca una llave de su cintura y abre la puerta que da al patio. Entra, enciende una luz. Una especie de cocina o lavadero vacío. Un pasillo.

—Acá es donde le dejamos la comida —murmura.

Avanzan, llegan hasta una puerta en el fondo. Golpean. No hay respuesta. Pegándose a la puerta, la mosquita Flor grita:

—¡Señor, va a tener que abrirnos, tenemos que comunicarle algo muy importante!

Nada. Vuelve a golpear.

Marzolini (cuándo no) se entromete, indica a Flor que apague las luces, y con voz firme (marcial, lo conozco) vocifera:

—¡Somos amigos! ¡Es urgente, imprescindible que hablemos con usted! ¡Estamos con la luz apagada! ¡Abra la puerta, salga!

Nada. Otra vez Marzolini:

—¡Su amigo no va a venir! ¡Sobre él tenemos que comunicarle algo! ¡Por favor, es mejor que se lo digamos personalmente!

Marzolini insiste, grita, y no hay respuesta, hasta que mueve el picaporte y la puerta se entreabre. Flor intenta retenerlo, pero Marzolini avanza en la penumbra susurrando con voz sacerdotal (que le conozco):

—Tranquilo, tranquilo, vamos a hablar un minuto. Su amigo no va a venir, es por eso que tenemos que contarle algo...

En el techo hay un tragaluz que distribuye los resplandores del atardecer. La cama, armarios, roperos, el caballete con una gran tela en el centro del cuarto, una puerta cerrada. Marzolini va descubriendo que en el cuarto no hay nadie. Avanza preguntando con señas a Flor si esa otra puerta es la del baño. Golpea y otra vez larga el discursete. Prueba el picaporte, entra. Nadie.

Encienden la luz. Marzolini abre los roperos, mira debajo de la cama. Y recién después ve a Flor encantada delante de la tela en el caballete. Y Marzolini mira y reconoce al toque que la retratada es Rita. Y recién ahora se percatan de que la mosquita más linda no ha venido con ellos.

XII

Salta una rata del teléfono

Ya transcurrió la noche del traje de ciclista y ahora está con pantalones bermudas y una de esas camisetas que los españoles llaman con gusto deplorable "sudaderas" y nosotros con apenas pizca de mejor gusto "musculosas". Desde el inicio de la cena –arroz con yuyos de su quintita, mastuerzo, ortiga y achicoria en salsa de soja– se percata de que estoy enchinchada, así que apenas termino de lavarle los platos se esmera por revolotear a mi alrededor, estirándose como un gallo que trona su quiquiriquí:

—La Flaçon me dio una cita para encontrarme con ella, ¿estás contenta, ahora?

—Mirá vos, ¡qué suerte! La vida se tira a tus pies, ¿eh? Así que ya la conocías a esa señora...

Que no, me dice que no la conoce, pero el otro día lo llama por teléfono un hombre y le dice que habla de parte de Margarita Flaçon. No reconoció la voz del loco por la Flaçon, aunque podía ser que estuviera tan contento de que ella hubiese vuelto a sus brazos que la alegría le cambiaba el chillido de cotorra. El tipo le dice que Margarita está bien, que le manda saludos y que lo quiere ver porque es posible que parta de viaje, un viaje muy largo. Que Margarita quiere encontrarse con él, con Marzolini, que quiere hablarle dos minutos, que le propone un encuentro en el centro, en la esquina de tal calle y tal otra, para charlar un ratito y despedirse para siempre de la mejor manera.

Marzolini no dice ni sí ni no, no dice nada, y corta.

La cita es para dos semanas más tarde. Pasan tres días y suena el teléfono. La voz de una mujer pregunta si habla Marzolini y con buena y seductora modulación inquiere si recuerda que pronto tiene una cita con alguien que quiere hablarle.

—Podemos hablar ahora –contesta Marzolini—. Dígame ahora lo que tiene para decirme.

La simpática se ríe.

—Yo no soy Margarita. Mejor que ni se entere que usted me confundió con ella. Somos el día y la noche. Yo soy una amiga; la conozco de hace poco tiempo pero ya es mi amiga del alma, por eso me pidió que lo llamara y le recordara que espera encontrarlo el sábado, no este sábado que viene sino el otro.

(Te conozco, mascarita. Me puse alerta y con razón. Me encogí en el diván, y puedo repetir la llamadita como un magnetófono:)

Marzolini: —Bueno, no tengo el gusto de saber con quién estoy hablando. Mi nombre ya lo conoce, pero yo no tengo el honor...

—¿Yo, mi nombre, dice? Marta Cortuás me llamo, mucho gusto.

(La simpaticona se ríe de nada. A mi muñeco le encanta la gente feliz, la gente cantarina, risueña, las lelas. Lo siento, pero si me mirara en este momento –en el sofá cama pero también ahora que anoto los recuerdos de aquella noche– me vería una mueca fea, de decepción, de ganas de que termine con la Flaçon y sus amigas del alma y pasar a otra cosa. Si tiene para contar otra vida mejor, bien, y si no, me voy y terminamos. Una colega que no me entiende para nada dice que soy fatalista; la verdad es que soy concreta, y cuando te descubren algo adentro mejor operar y sacar de cuajo; si se puede extirpar se extirpa, lo que importa es estar en paz con una misma, para mí la tranquilidad ha pasado a ser el mejor bien y la mayor felicidad a la que puedo aspirar, así que si con Marzolini llegamos a este punto, basta; le dejé pasar las historias de su juventud con la neonata, le dejé pasar la historia con la malvada, con la marimacho del atrio y con las hermanitas transmisoras del dengue, pero ya está, sencillamente me cansé y quiero estar sosegada en mi propio catre. Entre tanto sigo registrando:)

—Marta, usted debe saber que a su amiga del alma yo no la conozco.

—No sé, ella asegura que a usted lo conoce. Ahora no sé a quién creerle. Bueno, el otro sábado usted va a poder conocerla y le aseguro que no quedará defraudado. Margarita está más linda que nunca después de esta especie de retiro espiritual, de respiro que se dio en su vida.

—Marta, le confieso que los misterios no me atraen. Preferiría hablar con usted, conocerla a usted. Aunque más no sea porque usted da la cara. Ya ve que su amiga no se anima a hablarme personalmente. El otro día me llamó un hombre para darme la cita, y ahora usted.

—Sí, Higinio, lo conozco muy bien a ese hombre... Pero no sea malo, usted sabe cómo es ella de indecisa, cómo necesita asistencia en algunos períodos de su vida. Si precisamente ése es el gran problema que arrastra; se entrega fácil y se aprovechan de su debilidad. La pasó fea esta vez, pobre Margarita. Hay que ayudar a que se reponga, tenemos que mimarla un poco, dejar que descanse. Lo bueno es que en el fondo es fuerte y eso la salva; cuando parece que está perdida, es como que se da cuenta y cobra ánimo. Cuando se pone firme, ahí sí que no la para nadie.

—Sí, ya veo; ahora se le metió en la cabeza que me conoce. Pero fíjese que yo soy igual de empecinado y ahora se me metió en la cabeza que tengo que conocerla a usted.

(Risita femenina, y no precisamente la mía).

—Por mí, encantada. Pero es mi amiga del alma quien lo quiere ver a usted.

—Está bien, voy a ir, la voy a conocer. Pero también quiero conocerla a usted.

—Supongo que llegará el momento. Primero arregle con ella.

—No tengo nada que arreglar con ella; le juro que no la conozco.

—Mejor, cuando la conozca se va a olvidar de mí, y cuando nos presenten usted no le concederá ninguna atención a esta ratita insignificante.

—¿Tan baja tiene la autoestima? Yo se la levanto enseguida.

(Risas. De la rata de albañal).

—Margarita no me dijo que usted fuera tan entrador.

—Ah, eso quiere decir que ella le habló de mí. Cuénteme. Le juro mantener el secreto, se lo pido por favor.

—No, nada, se lo aseguro. Margarita es parca, cerrada, no sé si siempre fue así o es un trauma por todo lo que pasó, la pobre. Nuestra amistad no está hecha de confidencias.

—Y entonces, ¿qué adivinaba usted de mí?

—Nada, me lo imaginaba más callado, más serio. Me lo imaginaba tímido.

—Soy callado, soy serio y soy tímido. Soy como usted me quiso imaginar.

—Fíjese, ahora me doy cuenta de que debo estar equivocada, porque una vez Margarita me mostró cómo baila usted. Fue en ese momento, cuando me mostraba cómo baila usted, que pasó a ser mi amiga del alma.

—¿Ha visto? Se trata de otra persona. La última vez que

bailé fue una chacarera en un acto patrio de la escuela primaria. Me acuerdo siempre porque me dio mucha vergüenza; le habían dicho a mis padres que tenían que conseguirme unas botas para zapatear el malambo, pero cuando llegó el día me pusieron unas botitas amarillas para la lluvia que le pidieron a una vecina.

(Debería haber saltado porque no sé si dije que a veces con Marzolini bailamos algún que otro tema, aparte de las ocasiones en que para que se calle un poco le pido que ponga tal canción en alguno de sus varios viejos equipos de música, sabiendo que no va a resistirse al cadereo, y yo, medio incorporada en el sofá, lo miro bailar encantada y me niego cada vez que se acuerda de mirarme y hacerme señas de que me alce para acompañarlo. Pero la verdad es que estoy cada vez más cansada de sus engañifas).

—No sé, a lo mejor fue un invento de Margarita para seducirme con un baile que solo es de ella, porque resulta difícil creer que usted pueda ser tan serio y a la vez tan fiestero.

—¿Usted cómo me preferiría?

(Risas de la roedora:)

—¿Qué tengo que ver yo?

—Usted tiene mucho que ver, porque tiene que lograr el cometido que le encargó su amiga del alma. Tiene que convencerme para que vaya a ese encuentro con ella.

—Me había prometido que iría, eso entendí.

—Solo con la condición de que usted me diera una cita, y no me la dio.

—Sí, cuando quiera, yo no tengo problema. Ya le avisé que lo voy a defraudar, pero si tanto insiste...

—Esta tarde, dentro de un rato.

—Ah, no, por favor, eso sí que le pido, no antes de que usted se encuentre con Margarita. ¿Cómo se lo digo a ella? Lo tomaría como una traición. Una traición mía, no suya. No, no está bien.

—No le diga nada a Margarita.

—Hágame el favor, Marzolini. Eso sería peor todavía, una doble traición...

—No lo vea como traición porque yo a su amiga no la conozco. Si ella quiere conocerme, primero la voy a tener que conocer a usted, ésa es mi condición definitiva.

—Ya veo, callado, tímido y porfiado había resultado ser.

—Así es, o la veo a usted antes o Margarita se despide ya de echarme el guante.

—Ay, no hable así... Bueno, vamos a hacer una cosa. Le voy a preguntar, y que ella decida. Si acepta, yo me sacrifico.

—Y después yo también me sacrifico y cumplo en encontrarme con su amiga. ¿Cuándo le va a preguntar, ahora?

—No, ahora no estoy con ella. Y de esto quiero hablar personalmente, no por teléfono...

—Lo mismo que yo, ya ve, que quiero hablar personalmente con usted, no por teléfono.

(Risa de la rata).

—Mañana tengo que verla y entonces le preguntaré.

—Voy a esperar ansioso su llamado... Así que al final nosotros dos quedamos a merced no de Dios, ni de los hados, ni del destino, sino de lo que decida esa señora que no conozco.

—Señorita es.

—¿Y usted?

—Señorita soy. ¿Y usted?

—Señorito soy.

(Risa de la rata bubónica).

Y como si nada Marzolini cuenta que se despidieron y pasó el día y pasó el siguiente y cuando anocheció otra vez sin que la rata lo llamara, se empezó a poner nervioso. (Y yo ya sé qué día fue, el martes de la otra semana, cuando quise ir a su casa y me dijo que estaba mal –lo odio cuando se hace el loco y dice que está "indispuesto").

Recién en la tercera noche sonó el teléfono.

(Busca un pañuelo en la mesita de luz y se suena la nariz. Me subleva cuando quiere dividir los capítulos o los encuentros con un supuesto suspenso, así que aproveché para fingir un ruidoso bostezo. Él se venga rumbeando para otro lado).

—Antes de que me olvide te quería contar que me acordé otra vez de la Niña Santa del cementerio...

Lo corté:

—No, no, por favor, no metás otra cosa en el medio que me explota la cabeza.

XIII

Aparece la cereza del postre

(Aproveché para fingir un segundo gran bostezo y avisarle que andaba con ganas de irme a dormir a mi casa. Ahí también se pone como loco; se levanta y va corriendo a abrir la puerta del garaje para que saque la bicicleta a la calle y me vaya de una vez. Pero ahora no le doy tiempo; me enrosco en uno de los almohadones y pregunto:)

—¿Y entonces? Finalmente, en la tercera noche suena el teléfono...

—Seguimos mañana si la señorita está cansada y no quiere dormirse acá.

—No, dale, te pido solamente que no me alteres los nervios.

—Qué sé yo lo que te va a alterar los nervios. Es la vida y yo soy como soy, ¿estamos o no de acuerdo con que soy como soy?

—Dale, sí, levantá el tubo.

Levanta el tubo:

—¿Marzolini?

—¿Marta?

—Chica suertuda esa Marta, bien quisiera ser ella...

No sabe, dice Marzolini, cómo pudo confundirse. Ésta era una voz tan rara, carrasposa, entrecortada; enseguida se le haría claro: voz de anciana.

—Usted no me conoce, Marzolini, y yo lo conozco solo de referencias. Todas referencias tan buenas que acá me tiene, al final me animé a llamarlo...

—Me alegro; se ve que tengo buenos amigos.

—Amigas. Son mujeres las que me dieron sus referencias.

—Me alegro más todavía.

—De mí no sé si le han estado hablando. Pero si se dio el caso me imagino las referencias que pueden haberle dado. Espero que las suyas sean verdaderas, porque le aviso que las que puedan haberle dado de mí son todas falsas. Que estoy senil es un poquito verdad porque he llegado a la tercera edad de la vida, pero arteriosclerótica no, eso no es verdad. Tengo mi edad pero no estoy perdida. ¿Me sigue?

—La sigo, sí.

—Si la cosa le resulta chocante, le pido que corte y quedamos en paz. Se lo voy a decir rápido, sin anestesia. Lo llamo... quiero que me ayude porque me muero... pero me parece que me voy a morir antes, ahora mismo, y de vergüenza, porque no sé cómo decírselo... Ahí va: le pido un favor porque me muero de amor...

—Yo...

—No se asuste que no es usted, aunque me han dicho que es un joven muy apuesto, lo que en mi tiempo llamábamos un churro. Pero no tengo el gusto... Dígame, ¿no adivina quién soy?

—No, ya usted me anticipó que no nos conocemos.

—No, pero pensé que mis hijas podrían haberle hablado de mí...

(Salto:)

—La regenta, la progenitora de las mosquitas muertas tenía que ser... —(Y Marzolini me mira como la boba que debo resultar en esos momentos en que caigo de las nubes, pero como es educadito me felicita por la sagacidad e ironiza mintiendo de que él no lo había descubierto tan rápido. En momentos como estos las miradas fulminantes de Marzolini revelan que él me subestima. Apenas me retengo para no espetar: "Bueno, agarrate a esta senil, porque con la del atrio y con las mosquitas de la nave central de la iglesia me parece que estás frito". Eso lo pienso ahora, jamás le diría algo así; lo que hubiera convenido es seguir haciéndome la airada: "Ah, no, lo que pasa es que estoy distraída, pensando en mis cosas, porque a mí también me llaman por teléfono a cada rato para decirme cosas". Y si se le ocurría preguntar qué tipo de cosas, podía chantarle: "Son más directos. Jadean y me dicen obscenidades". Y si insiste en saber, lo encarrilo rápido para otro lado: "No, dale. A ver si después te llama la señorita Marta ¿o también ésa se te resbaló como un pescado de entre las piernas?").

—Pero antes de que siga prométame discreción. Estoy hablando con un caballero, ¿no es cierto?— hipó la anciana.

—Puede confiar en mí. Se lo juro por mi propia madre.

—¿Cuántos años tiene la señora?... Su mamá, digo.

—Oh, ella ha fallecido.

—Lo siento mucho. ¿Y cuántos años tendría si viviera?

—Murió a los setenta y tres, hace cinco años. Setenta y ocho, tendría.

—Ah, pobrecita, era joven. Yo tengo ochenta y cinco. Para ochenta y seis, cumplo mañana, pero no pienso festejar. Pero ya le digo, me enamoré de una manera que no aguanto nada que no tenga que ver con él... No sé qué hacer.

—Permítame que le haga una pregunta: ¿el señor le corresponde?

—¿Qué señor?

—El festejado, el favorecido...

—No es señor, es muchacho, y él ni me vio la cara porque yo... Oh, Dios mío, alguien viene, mis hijas, mejor que no sepan que anduve revisándoles las carteras para conseguir el número de su teléfono, mi buen señor Marzolini. Por favor no me traicione... En otro momento seguimos.

Y cortó.

(Yo bufo. Marzolini me ve hacer cara de hartazgo y esta vez no lo puedo frenar. Se levanta de un salto diciendo que mañana lo espera un día agitado y sin siquiera calzarse las ojotas va derecho a abrirme la puerta del garaje. Al pasar del comedor al garaje se le enganchó la sudadera en el picaporte de la puerta y la camiseta se le desgarró en tres pedazos dejándole el torso desnudo. Siguió, histérico, y se raspó la pantorrilla en el paragolpes caído del autito que tiene ahí guardado al pedo. Reputeó, se mordió un puño como un siciliano, pero yo no me pude reír porque me di cuenta de que había perdido el control y la cosa podía terminar mal. Saqué la bicicleta, tranquilita, y me fui silbando bajito por las calles desiertas).

XIV

¿Por qué resulta sensual pellizcar?

Cena con Marzolini. Arroz blanco con caracoles de su jardín cocidos en vino borgoña, albahaca seca molida y ajo. Distrae mucho comer caracoles; tironear para sacarles de la casita de coral el cuerpo y los prolapsos, chuparse y limpiarse los dedos. Quedó enojado de la sesión anterior porque lo dejé atragantado con todo el vómito y no me cuenta nada. Lavo los platos; él fuma su cigarrillo sin decir ni mu. Termino, voy y me tiro en el sofá. Lo oigo demorarse en el baño, hacerse gárgaras y tirar tres veces la cadena. Finalmente se acerca.

Busco mirarlo como si lo viera por primera vez. Me estremezco de solo imaginar el susto que se llevaría la pobrecita que de repente se viera tirada en un diván prostibulario, con las polleras estratégicamente subidas más allá de lo aconsejable, mientras ve cómo se le viene encima lentamente un hombre que tiene un traje de cuero con cadenas tintineándole por todos los costados y que con sus toneladas de peso hace crujir bajo sus botines con tachas el viejo piso de madera y los vidrios de las ventanas.

Para contemporizar y suavizarle el malhumor, apenas se tira en su sillón le digo:

—¿Por dónde vamos? La verdad es que ya no te sigo; estoy más perdida que la Flaçon, porque ella parece que volvió a su nido, ¿no? ¿Entendí bien, que el tipo que te habló y la tal Marta dijeron que la susodicha había regresado al redil?

—Sí, pero estábamos en que me habló la mamá de Flor y Rita.

Finjo complacencia para reblandecerlo:

—Sí, parece una señora simpática. Nada más que un poco desubicada en su contexto etario-emotivo.

—¿Desubicada por qué? A mí me conmovió. Ojalá tuviéramos vos o yo la experiencia de conocer un sentimiento como el que la sacude a esta nonagenaria. Bueno, yo por lo menos supe conocer una mujer así en mi juventud, ¿te lo conté?

—No sé, ¿será que nuevamente buscas referirte a la inexistente, la señora que no había nacido pero que con marido y suegra había parido dos veces?

—No era inexistente, por si querés saberlo. En este mundo de fantasmas, fue la única persona capaz de aparecérseme en carne y hueso.

(No me pude controlar; di un salto y le pellizqué lo primero que encontré a mano, un pedazo de pantorrilla desnuda que mediaba entre los botines con tachas y el pantalón ajustado de cuero que se le había encogido al sentarse. Dio un salto y gritó que qué me pasaba, loca de mierda).

—Nada, perdoná, quise espantar un escorpión que te iba a picar.

Pero él ya no me escuchaba. Corría hacia el baño saltando en una sola pierna, haciendo escándalo al entrechocar las cadenas y manoplas que llevaba colgadas. Regresa echándose alcohol, Espadol, FarmX. Le grito que no sea mamengo, que ni sangre le había salido. Bueno, así tres horas hasta que volvió a sentarse, cuidando la pierna como si tuviera gangrena. Hubo que incentivarlo; cuando está resentido Marzolini se hace rogar y al final accede, pero de malos modos, cuenta mal, resume, tanto que ahora al transcribirlo me cuesta seguirlo, sin ganas siquiera de intentar aquí remedar esas volteretas que a la larga debo admitir que son las que realmente me atan al sofá cama de su casa, incluso más que su adorable trompita. De manera que ahora tuve que tentarlo con el asunto de la Flaçon, de la neonata con hijos, de la loca del atrio.

—No, no pasa nada, no quiero –rompió el silencio.

(Hasta que le toqué el punto débil:)

—Dale, ¿al final te llamó la rata hilarante?

—¿Quién?

—Ésa que dijo que cuando la conocieras te ibas a encontrar con una ratita.

Resentido como estaba tuvo que aguantarse de reír, pero vi cómo la tentación le sacudía las espuelas de sus botines.

—No, cuando el teléfono volvió a sonar atendí y era nuevamente la madre de Flor y Rita.

(Me reacomodo en el sofá, dispuesta a adormecerme, pero él se da cuenta y empieza a lloriquear de nuevo, que no, que no tiene ganas. Al final empieza, rápido, como para terminar enseguida y que yo me vaya a la miércoles).

Cuenta que lo vuelve a llamar la anciana y le dice que las hijas tuvieron que ir a una asamblea en el tercer patio porque hay lío en la pensión, y por eso aprovecha para llamarlo ahora. Necesita un favor, que busque al pintor enmascarado que ella tuvo como inquilino, le pide por Dios que se lo busque, que vea si está bien, si necesita algo en lo que ella pueda ayudarlo pero sin que él llegue a saber nunca de quién le viene la ayuda porque su amor es el más grande que existe: un amor secreto.

Y bueno, éso, que la anciana está enamorada del pintor enmascarado. Así dijo Marzolini, y se levantó bostezando:

—¿Te quedás a dormir o te abro el garaje? Yo ya me voy a la cama.

(Por supuesto que me fui. Casi me rompo el tobillo por la rabia con que saqué la bicicleta a la calle, me monté y di el primer pedaleo; uno de mis zuecos voló contra la puerta del garaje que acababa de cerrar el payaso. Se debe haber asustado porque dejó pasar un día y ayer me llamó con voz meliflua para invitarme a cenar).

XV

No hay como un tango; ni siquiera una masita sopada en el té

Voy y comemos milanesas de merluza y ensalada con yuyos de su huertita. Gentiles los dos, parecemos dos próceres argentinos bailando el minué. Viste camisa blanca con chabot y pantalón pescador que le deja las sabrosas canillas peludas al aire; me dan ganas de pellizcarlo otra vez. Lavo los platos, fuma su cigarrillo y apenas me tiro en el sofá se desborda contando que anoche tuvo que ir a una reunión en el diario, y cuando volvía a su casa caminando a la madrugada lo atacó una banda de mujeres. Lo tiraron en el suelo y lo aplastaron como treinta tacos, chinelas y botitas.

—Y adiviná quién las dirigía. Adiviná.

—No sé. ¿Margarita Flaçon?

—Me preguntaron por ella, sí, pero no, adiviná quién era.

—Qué sé yo. La vieja.

—¿Qué vieja?

—La madre de las mosquitas muertas.

—No, pobre anciana, ya te tengo que contar. Apenas llegué a mi casa sonó el teléfono y era ella, la señora. Me dijo que aprovechaba para llamarme porque las hijas estaban en una asamblea por otra revuelta que había en la pensión.

Y Marzolini empieza a desviar su relato hacia esa orilla y cuenta que tras hablar con la regenta madre llamó preocupado a las mosquitas muertas y las encontró alborotadas, que un grupo de delincuentes querían echar a unos inquilinos legales para ocuparles las piezas, guiados por una asociación de indigenistas con un alemán vestido de comanche.

Lo interrumpí y le dije claramente que si pensaba seguir por ahí yo me levantaba y me iba, que ya conocía muy bien adónde nos llevarían esas cuestiones. Histérico se alzó y me gritó que no se trataba de cuestiones políticas. Más fuerte todavía le grité que no me importaba si eran políticas o sociales o de lucha de clases. Me gritó que no eran tampoco cuestiones sociales ni de lucha de clases. Si no son sociales serán raciales, y me interesan menos todavía, le grité, que el exotismo se lo fuera a vender al cacique nazi. Me gritó que si no me gustaba podía irme. Así que salté hacia el comedor, arranqué mi chaqueta colgada de una silla y ya me la estaba calzando cuando se empezó a reír y me desarmó; me miré a mí misma toda arrebatada y me dio risa a mí también. Recién en ese momento me fijé en él y le vi una marca en el cuello, atrás de la cabeza. Me abalancé para examinarle y acariciarle la herida. Quise arrastrarlo al baño y al botiquín, pero él se rebeló repitiendo que no era nada, que ya lo habían revisado en una sala de primeros auxilios y lo habían humillado aconsejándole que dejara de noviar con vampiros.

—¿Qué te pasó?

—Lo que te contaba y no quisiste escuchar, unas locas que anoche me tiraron en la calle y me dijeron que la soltara a Margarita Flaçon o me iban a arrancar mis atributos.

—¡Por favor!

—Adiviná quién las comandaba.

—No sé, ya te lo dije.

—La mujer aquélla que me saludó en el atrio de la iglesia, para Pascua, y que yo me di cuenta de que escondía algo raro. Hasta llegué a sospechar que fuera ella la Flaçon, pero no, ella también la busca. Vos vieras la pinta que tenía, estaba irreconocible; en el atrio, dentro de todo, parecía educada, más allá de los moretones que me dejó en el brazo; acá, en cambio, hablaba como un mazorquero.

A todo esto yo estaba de nuevo tirada en el sofá cama.

—Pero te hirieron y estás lleno de moretones. ¿Eran mujeres, decís, una banda?

—Cinco o seis eran, musculosas y con la fuerza de Titanes en el ring. Coreaban consignas contra los hombres.

(Resoplé:)

—No, por favor. Ni problemas políticos, ni sociales ni raciales, y menos de género y sexos alternativos; tuve que dejar la universidad porque era lo único que te enseñaban. Eso y la importancia del mingitorio de Duchamp.

Se incorporó otra vez color granate:

—Bueno, entonces, nada. Lo único que quería contarte no te lo pude contar nunca y era una cuestión religiosa. ¿Eso tampoco se puede?

(Seguí tirada como si nada):

—¿Querés decirme de qué carajo estás hablando...?

—Estoy hablando de que tuve que alquilar un estudio para filmarme contando el final de la historia que nunca quisiste escuchar.

—Me imagino, otra vez lo mismo, la neonata con marido, hijos y suegra anudados en su cordón umbilical, ¿adivino?

—Lo que recién quería contarte era nada más que Flor y Rita andan ocupadas con problemas en la casa y por eso pudo llamarme la mamá.

Y ahí, como si nada, sigue, atiende el teléfono y es la anciana regenta madre. Ella sabe que Marzolini está al tanto de que el inquilino pintor les había salvado la vida, librándolas de la miseria a ella, una pobre viuda, y a sus dos hijas, permitiéndoles resguardarse bajo los techos de la casa natal que de inmediato se fue poblando de otros inquilinos.

–Hay tanta gente necesitada de vivienda, algunos con medios y otros esperando que alguien les tienda una mano, una chapa, un cielorraso, una ha sido criada para no tener un corazón de fierro... En fin, ¿qué estaba por decirle?, ya va a ver cuando usted crezca, va a saber que con los años se duerme menos y se piensa más, y ahí dando vueltas en la cama se me metió la idea fija de que ese hombre que se nos había venido a instalar en nuestra casa debía tener alguna enfermedad fea, por eso quería vivir encerrado y aislado, una enfermedad muy contagiosa, un microbio que podía atravesar las paredes, como ser la fiebre amarilla o esas sífilis modernas que andan dando vueltas. Yo todavía me movía como dueña y señora y me pasaba el día entero echando creolina y agua lavandina por los pasillos y los baños. Me sentía responsable del estado sanitario de los habitantes que fueron alojándose en mi propiedad y baldeaba hasta los pisos de parquet y desinfectaba hasta los malvones. En el patio que rodea al departamento que ocupaba el pintor hice echar lechadas y lechadas de cal viva. Así fue como viví este último año, hasta que empecé a pensar un poco distinto, que podía ser un enfermo, pero mental, un desequilibrado que cualquier día podía salir con un martes trece y matar a todos los que encontraba a mano. Empecé a prestar atención a las noticias policiales y me hice comprar el diario con los casos que cuenta Pagés, y cada día encontraba señales, crímenes espantosos que cometía con saña el asesino que después dormía tranquilito en mi propia casa. Y justamente nosotras nos ocupábamos de mantenerlo a salvo de la ley, permitiéndole seguir y seguir haciendo barbaridades. Diga que cada semana venía el hombre que actuaba como intermediario. Venía a verme para pagar el alquiler y para traer y llevarse cosas de su amigo.

Con él podía descargarme un poco. Yo le hacía ver mi punto de vista, que un asunto tan raro tenía que esconder algo bien feo, que su amigo era nada menos que un prófugo de la sociedad, y eso debía ser porque tendría alguna culpa que purgar, y este señor me tranquilizaba con santa paciencia, me decía que el inquilino era la persona más inocente del mundo, pero cuando yo le pedía que entonces me dijera por qué se encerraba, me repetía que no podía decir nada porque había jurado mantener el secreto. Y después, con el mismo juramento sagrado, me decía que era un secreto de nada, un misterio como quien dice de morondanga. Todo bien, pero apenas este hombre se iba, yo prendía el televisor y me volvía la idea de que mi inquilino era el autor de todas las fechorías que se cometían en el mundo... Ay, espere que escucho ruidos... Para colmo ahora tenemos que lidiar con este problema en el tercer patio; desde ayer que corren por los techos... Lo tengo que dejar, en cuanto pueda lo vuelvo a llamar. Atiéndame, no me vaya a dejar colgada...

Y la anciana regenta corta.

(Marzolini me pregunta si estoy cansada, le digo que no y le recuerdo que mañana –que es hoy– ninguno de los dos trabaja, así que se levanta a preparar unos mates. De paso, enciende el equipo de música. En general me levanto para ayudarlo y tomar los mates sentados en la cocina, pero ahora suena un tango que me provoca una especie de *déja vu* y así revivo en pleno una vez que, desbordada de felicidad, le hablé a Lorenzo, ese amigo filósofo de bar, sobre mi amistad con Marzolini, y él quiso indagar los ingredientes de sexualidad que intervenían. No me gustó su interrogatorio cínico y zafé, no le dije nada. Y lo que ahora evocaba, como si fuese la letra del tango, fue el diálogo en que me dice y le digo:

—¿Pero cómo se explica que te guste tanto que ese señor te

cuente las aventuras con otras mujeres?

—Las aventuras no son solo con mujeres. Hay historias políticas, hay historias policiales, hay historias fantásticas y de ciencia ficción.

—Las que me contaste son todas aventurillas de faldas.

—Serán las únicas que te conté porque son las únicas que pueden penetrar hasta tu cerebro y captar tu atención. Con mi amigo acordamos de que su vida es su vida, y que a mí me gusta conocerla.

—¿Y la tuya es tuya?

—Por supuesto. Es mi vida y gran parte de ella es estar pendiente de que Marzolini sea feliz.

—¿Marzolini, se llama?— Yo nunca había querido nombrárselo antes—. ¿Y de él depende tu felicidad?

—A veces sus historias me agitan un poco, pero cuando él está contento yo soy feliz. Y si usted, señor, no lo entiende es porque ni siquiera puede imaginar que existan otras posibilidades y profundidades para una amistad.

—Distintas de estas charlas insulsas que tiene conmigo, ¿eso quiere insinuar la señorita?

—Los amigos no se comparan.

—Hasta las madres prefieren un hijo a los otros.

—¿Sabés cuál es la verdadera diferencia? Que cuando mi amigo me cuenta su vida yo siento que cada palabra va decidiendo el destino, como sucede a veces cuando uno piensa que dar un paso para acá o para allá le cambiará la vida, y no digo momentos de decisiones cruciales sino momentos de nada, entender que doblar o no en esta esquina puede ser definitivo. ¿Lo estoy aburriendo al señor, que hace esa cara de hartazgo?

—No, tus imágenes sobre el determinismo y el libre albedrío son un poco banales, nada más; de acuerdo, así es la vida.

Pero por si les interesa, a vos y a tu amigo, que son medio chupacirios, el libre albedrío tiene otra finalidad, la de ejercitar y sostener alguna ética, sea que doblar para allá te lleve a un accidente que te deje parapléjica o seguir derecho te haga encontrar al hombre de tu vida, porque si esperás que el hombre de tu vida sea ese Marzoloni o como quiera que se llame me parece que estás frita. Una ética sostenida siempre con confianza y firmeza. Si creés que doblar o no en la esquina te puede cambiar la vida, entonces no estás ejercitando tu libre albedrío ni tu confianza en Dios.

—Ufa, qué rollo. Estoy diciéndote lo que siento cuando él me cuenta sus historias. Vos alguna vez tendrías que meterte en la cabeza que las verdaderas amistades no tienen ningún compromiso proselitista. Dale, viví un poco.

—No repitas lo que yo te aconsejo.

Se callaron los tangos y desperté en el sofá cama de Marzolini. El muñeco me tendía un mate, haciendo temblar junto a mi cara el pañuelo y los plisados y volados de la camisa que intentaban disimular los raspones en su cuello.

Me levanté para ir al baño y dejarlo que se vacíe el termo él solo. Regreso y apenas me empiezo a acomodar en el diván cuando retoma con esa voz de suspenso que esta vez le aguanto porque ando con la cabeza en las nubes.

Cuelga la anciana y suena otra vez el teléfono, cuenta, modulando la voz de radioteatro.

Atiende.

—Se ve que lo solicitan mucho. Hace rato que intento comunicarme con usted y da siempre ocupado.

(Marzolini se adelanta en el sillón y me escruta. Quizás descubre que finjo indiferencia. Me aclara o repite:)

—Es ella.

(Me hago la que caigo:)

—¿La ratita?

Esta vez se ríe, pero enseguida:

—Marta no tiene voz de ratita. Tiene la voz que tenía Olga Orozco y se ríe como Patti Smith.

—Ah, te acordás de Patti Smith. Después de la chacarera en la escuela, alguna vez bailaste temas de Patti Smith con la dama aquí presente.

—¿Qué te pasa, ahora?

—A la ratita le dijiste que no bailabas desde un acto en la escuela en que te pusieron a zapatear con botitas de goma...

—Son cosas que se dicen. Además, ¿qué, acaso soy un bailarín de discoteca, de salón danzante? —Se adelanta otra vez y me acaricia la mano—: Qué rencorosa...

—Dale, atendé el teléfono, a ver si con ésta por fin te ganás la lotería.

—Está afligida, Marta, se le siente en la voz; se atraganta, carraspea. Enseguida me dice que Margarita se enojó al oír mi condición de verla antes que a ella y le prohibió que volviera a comunicarse conmigo. Yo, por supuesto, le agradecí que no le hubiera obedecido. Y ella me dijo que estaba haciendo algo que no le gustaba para nada, que había dudado mucho y por eso no me había llamado el día acordado. Que en realidad no le había prometido nada, que no la estaba traicionando a su amiga del alma, pero igual sabía que ella hubiera preferido que no me llamara nunca más. No eran celos los motivos del enojo, me dijo Marta; era que Margarita ya no quería contaminar con intermediarios y mundanidad el sentimiento que quería expresarme personalmente cuando nos encontrásemos por fin ese bendito sábado. Y yo le dije que así como había decidido llamarme ahora, ¿por qué no nos encontrábamos esa misma noche? Y ella se rió un poquito y me dijo que por favor, que no insistiera, que me había llamado porque me debía una respuesta, pero que no le pidiera otra cosa porque ya bastante le costaba estar hablando a espaldas de su amiga. "Hágame caso, vaya a verla a Margarita el sábado que viene", pide. Y yo le dije que si ella la acompañaba yo le juraba que iría. "¿Cómo quiere que me meta en el medio? No, ella no va a querer. Vaya, y si no quiere entrar en el bar que está en esa esquina, hablan en la calle, y que sea lo que Dios quiera". Y yo le dije que sería lo que Dios y yo y ella quisiéramos.

(Yo:) —¿Dios, vos y ella quién, la ratita o la Flaçon?

—La Flaçon no me interesa. No solo no me interesa sino que no tengo ninguna intención de hacerle el caldo gordo. Marta sí. Pero ella no quiso seguir conversando, se le cortó la voz con una tos amocosada y me dejó pagando. Y apenas cuelgo el tubo vuelve a sonar el teléfono.

XVI

La comadreja sobre el techo de cinc caliente

—¿Habla el señor Marzolini? Por fin puedo comunicarme, me daba siempre ocupado. Esa Marta lo tiene bien agarrado, ¿eh? Aproveche, Marzolini, porque el amor es ciego y agradezca a Dios si Marta y usted tienen la misma edad, que el resto no importa, aunque ella sea una giganta y usted chiquito, o ella millonaria y usted un pobre diablo. Hasta quince, veinte, treinta años de diferencia, vaya y pase, pero más de cincuenta empiezan a ser un problema, yo no me hago ilusiones, no crea. ¿Me escucha, Marzolini?

—Sí, señora, diga.

—¿Y qué quiere que le ande diciendo? Lo que le contaba, sobre el inquilino de privilegio que teníamos, que con lo que nos pagaba podíamos mantener a toda esa gente que empezó a llegar pidiendo asilo. Yo siempre fui de corazón abierto, y las hijas se educaron en la misma escuela. Por lo menos, nunca se quejaron, se criaron con lo justo y necesario; por ahí alguna ropita, nada más, nunca pidieron lujo. El dinero sirve y no sirve; hay que saber cuándo sirve y saber muy bien cuándo no sirve. Tengo entendido que usted también sabe vivir con lo justo. Como le decía, nos llovió este inquilino extraordinario y con él se nos vino encima la prosperidad, no sabíamos qué hacer con la plata, por suerte no se nos subieron los humos, porque todo tiene un límite, ahora usted ya sabe que este maná del Cielo se nos fue y hay gente mala que se quiere aprovechar. Ya vamos a ver qué hacemos para poner un poco de orden. ¿Me está escuchando?

—Sí, señora, perfectamente.

—Yo le quería contar que un día exploté. Ya le dije que yo andaba con un peso en el pecho. Ese huésped debía esconder algo bien feo. Todo el calvario iba por dentro, las angustias me las tragaba yo sola, nadie me puede acusar de haber arruinado con mis miedos la vida de mis hijas, como bien sabe usted que las vio libres para andar y venir, las dos profesionales que estudiaron su vocación, chicas un poco demasiado estructuradas para mi gusto, pero mejor así que descocadas. A ellas nunca les hablé de mis miedos, pero llegó el momento en que decidí ir a hacer la denuncia en la policía. Como le dije, con la edad viene el insomnio, y las noches son largas, así que antes de ir a la policía se me ocurrió maquinar otra cosa, y bueno, un día exploté y sin darme cuenta me encontré poniendo en práctica ese plan. Esperé que las chicas tuvieran que salir por un buen rato, el domingo a la mañana, cuando los inquilinos están tranquilos, durmiendo hasta tarde. Rita y Florencia se habían ido a misa y siempre se demoran hasta la hora de almorzar. Quién sabe lo que hacen en todas esas horas, capaz que se van a pasear con algún lindo caballero, ¿puede ser?

(Yo lo interrumpo:)

—¿Qué, ya te conoció la señora, o alguien con miopía le anduvo diciendo que tú eres lindo?

—No, no sé, es que es una señora muy gentil y zalamera. Y bueno, dice que apenas las chicas salieron se calzó las pantuflas y se fue para el fondo de la casa, el fondo del fondo, adonde los otros habitantes tienen el acceso prohibido. Al lado del departamento del misterioso inquilino hay una piecita con herramientas del obrero que pasa todas las semanas para arreglar lo que haga falta en esa casa con tantos habitantes. Y de ese cuartito la anciana a duras penas sacó y arrastró una escalera hasta el tapial del departamento del enmascarado.

"Me costó –dijo– pero llegué. Respiré hondo y escalé peldaño a peldaño. Me costó pero llegué al techo. Cuanto más alto estaba más aliviada me sentía, porque si me caía me mataba directamente, mejor así que andar con la cadera quebrada. En el techo me pude arrastrar fácil porque es una terraza. Y en medio de la terraza hay un tragaluz, grande porque antes de ampliarlo como departamento el lugar había servido de invernadero, y esa luz natural que invadía el recinto había sido la razón que entusiasmó al pintor para elegir su encierro en mi casa; eso me repetía el intermediario".

Y la anciana gateó por la terraza y se asomó sobre la claraboya para espiar. Los vidrios estaban sucios, pero de a pedacitos podía ver allá abajo toda la sala en la que el pintor estaba pintando sin máscara. Y entonces, de entre tantas historias de enfermos contagiosos, locos asesinos, violadores, alienígenas y torturadores caníbales que pesaban en la balanza, la anciana creyó descubrir cuál era la historia verdadera. "No se veía claro porque los vidrios estaban sucios y porque tengo cataratas, pero apenas pude enfocar un poco al pintor supe que a la verdad yo la sabía desde hacía por lo menos tres años atrás", así me dijo la señora.

(Pido perdón y voy al baño. Me mojo las sienes y los pulsos. "¿Esto es lo que buscas en la vida?" me pregunto al espejo. "No", contesto, "pero peor es nada. ¿Qué quieres, suicidarte?". "Ya sabes que ésa no es ninguna solución. Pero podrías estar en otro lugar. Podrías estar con otra persona. O sola, y aguantártela. Hace calor, podrías estar paseando en bicicleta; por la costanera hay gente paseando, no te van a secuestrar". Resoplé, me hice una mueca y tiré la cadena. Volví al sofá cama. El señor me esperaba bien erguido).

—¿Y entonces?— lo empujo.

—Entonces, querida, me hiciste perder el hilo.

—Estamos en que la vieja se arrastra por el techo y espía al huésped.

Sacude las chatitas y una se le desprende del pie y se esconde debajo del sofá cama. Se tira al suelo para buscarla y lo oigo gruñir debajo de mí. Después se levanta y queda de pie, enfrentándome:

—Sí, estábamos con la anciana en el techo, pero la señora me tuvo que cortar porque le golpeaban la puerta. Mañana tengo que madrugar. ¿Dormís acá o te vas?

—Me voy, me voy— me levanté de un brinco y corrí hacia el garaje.

Abro la puertita que comunica el comedor con el garaje, enciendo la luz y caigo: esa mañana al regresar de la oficina se me había pinchado una de las gomas de la bicicleta y había venido a la casa de Marzolini en ómnibus. Me humilló ver la cara risueña del enano que me miraba con los bracitos en jarra.

—Es tarde, te conviene quedarte —aconseja. Lo que me da rabia es ver que tiene ese fitito parado desde hace dos años, que bien podría serle útil en ocasiones como ésta, para ofrecerse en acompañar a una dama en las altas horas de la noche. Pero no, con la excusa de que no le gusta manejar ahí lo tiene con la batería sulfatada y las cuatro gomas desinfladas.

—No, no importa, me llamo un taxi — y revuelvo en el bolso y descubro que no me traje el teléfono. Me dan ganas de llorar.

XVII

Una razón para vivir en ansias

Al otro día, que fue antes de ayer, ahí estoy, comiendo fritanga de perejil y puerro con huevos y queso cremoso. Marzolini se desvive en cortesías, revoloteando con un mameluco, o jardinero, de esos que en las novelas de Faulkner los traductores llaman "mono" u "overol". Le elogio la tortilla y las zapatillas tipo Pampero de los años '60, y en consecuencia, apenas me tiro en el sofá cama se ve obligado a preguntar gentilmente por dónde quiero que vaya.

—Por donde prefieras— condesciendo.

—¿Querés que te cuente el milagro de la Niña Santa?

—¿No nos desviamos? ¿No estábamos con la mamá de las dos señoritas devotas arrastrándose por el techo del huésped sospechoso?

Traga saliva:

—Está bien, total, a la historia de la Niña ya la conté y usted se la pierde. A ver, sigamos por donde quiere la señorita: la anciana vuelve a llamarme poco después y me cuenta que llegó a la claraboya, miró y ahí descubrió que todo debía ser como se lo había revelado una mujer que ahora podía claramente perfilar como bruja, bruja buena. Era una señora tucumana, madre de una joven pensionista. Había venido a pasar unas semanas con esa hija que trabajaba como una burra y nunca tenía tiempo para ir a visitarla a su pueblo, en medio del Jardín de la República. Era una de esas mujeres modestas y discretas que inspiran confianza, y la regenta había terminado por invitarla a sus aposentos y compartir con ella las muchas horas en que la hija trabajadora estaba ausente. Tomaban mate y jugaban a las cartas o miraban televisión quejándose de las cosas que hay que ver. Habían terminado intimando y cuando la regenta llegó a hablarle del inquietante inquilino que las había salvado de vender la propiedad y que vivía encerrado en el fondo, la mujer le dijo que no se preocupara, que ella sabía la historia de un muchacho que había nacido tan lindo que ya desde niño había vivido aventuras amorosas tan intensas como nunca probarían la mayoría de los hombres en el curso de incontables reencarnaciones. Cuando a ese muchacho le llegó la adolescencia, las aventuras aumentaron y empezaron las tragedias. Entre las muchas mujeres que se enloquecieron por él, una acabó tirándose de un edificio en Córdoba dejándole una carta apasionada, otra abandonó su hogar para seguirlo y pasaba noche y día en la calle esperando que saliera de la casa donde él vivía. Y así una tras otra. En un viaje de estudiantes a Rio de Janeiro una banda de tratantes de blancos intentó raptarlo y se salvó solo gracias a la defensa desaforada de los dos compañeritos que estaban con él; debían estar tan enamorados como para que en la contienda uno se dejara asesinar y el otro malherir. Tragedias así, a cada paso, mujeres y hombres, profesores, compañeros, desconocidos que se enloquecían por él.

"Por suerte —dijo la tucumana, que aunque no tenía instrucción era muy bien hablada—, por suerte el mancebo era un adonis tocado asimismo por la gracia de un espíritu benevolente, y tan puro como aquel Luis Gonzaga que sufría desmayos al oír una que otra palabra soez. Un muchacho tranquilo, que ni al ver que a sus pies caían las beldades más valoradas, ni al sufrir el fastidio que personas de toda laya le propinaban apenas se asomaba a la calle, ni al comprobar los estragos que iba sembrando a su paso, muchas veces sin percatarse siquiera, por suerte nada de todo esto lo había transformado en un desequilibrado de altivez, engreimiento o desenfreno...

"—Largá el micrófono —la interrumpía la regenta, que era una señora bien pero que precisamente por eso especulaba que a la norteña convenía tratarla campechanamente para que se sintiera en su casa.

"—Oh, perdone usted —se desvivía la tucumana, apresurándose a chupar el mate, achicharrando la cara por el mal gusto de la infusión enfriada de tanto tenerla en vilo, zarandeándola —y aireándola— al gesticular. —Aquí tiene usted la calabacita —decía, tras limpiar la bombilla con hipotético gesto higiénico que no dejaba de poner nerviosa a la regenta, quien lo comentaba cada noche con sus hijas. Del escote, la tucumana tironeaba con dos dedos la parte superior del corpiño, operación que implicaba levantar varios kilogramos de los dones de Dios con que había sabido enloquecer ella misma a muchos trabajadores de la zafra y la hachería, y que a la sazón eran custodiados y sostenidos por la prenda que precisamente algunos llaman sutién, por sostén, y con lo poco de la prenda apresada, pues, frotar la parte superior de la bombilla, donde los labios podían dejar rastros salivares y pequeños gránulos de los bizcochos de grasa que la tucumana no dejaba de aportar en cada visita, confeccionados y vendidos en el cuarto vecino al que ocupaba su hija y en el cual ella misma pernoctaba durante su estadía en la pensión, durmiendo en una cómoda reposera.

(No me aguanté):

—¿Así te habla la anciana? ¿Te cuenta todo con pelos y señales?

—¿Cómo? ¿Qué quiere decir con pelos y señales? ¿De dónde sacás esos dichos? ¿No pensás que alguna vez puedan tener que traducirte, en el Juicio Final, cuando proyecten la película de tu vida y, por ende también pasen este momento en que largás tan suelta de cuerpo...?

—¡Parala! ¿La señora te habla de los kilos que la tucumana tiene que alzar para conseguir un poco de tela del sutién para limpiar la boquilla?

—Sí, es una señora muy comunicativa, ¿te da rabia? La verdad es que se expresa con muchos más detalles y particulares que me privo de reproducir en esta ocasión, obligado a obviarlos porque sé que despiertan tu control policíaco de lo que puede o no puede decir una persona, de lo que puedo y no puedo decir yo al referir... Perdón si me salí de la autovía por la que circula tu restringido circuito narrativo... A lo mejor la señorita ya está cansada y quiere irse a tomar un poco de aire en su bicicleta.

—Parala te dije, quería saber nada más si la señora vetusta es tan confianzuda y te cuenta todo... Perdone usted si le corté la inspiración. Por favor, siga un ratito, ya me voy.

—No sé, no sé por dónde iba.

—La vetusta está tomando mate con la tucumana y algo la tucumana le está por revelar sobre un joven inmaculado y hermoso.

De mala gana, rápido y mal, Marzolini me resume lo que la tucumana termina refiriendo a la anciana acerca de ese muchacho a quien un día le sucede algo que realmente lo descalabra y lo expulsa de la beatitud en que transcurría su existencia. "Vivía en una nube de pedo", acotó la regenta con la pretensión de que la tucumana se riera un poco, escandalizada de que una señora propietaria y de alcurnia dijera las cosas que únicamente se escuchan por televisión. "Deje, pobre muchacho, que un día sufrió una especie de rapto. La familia, avisada de lo que el muchacho provocaba a su alrededor, tendía a sobreprotegerlo y no lo dejaban salir solo, pero un día, por un descuido, al regresar del colegio, una puerca lo encerró en su casa y le bajó los pantalones". Y la tucumana hizo el gesto de cerrar la cremallera de los labios, acostumbrada a que ciertas cosas se hacen pero no se hablan, excepto por televisión. "Bueno, si le bajaron los pantalones, o se los saca del todo si la cosa le place, o se los vuelve a subir, saluda y se va", apuntó la regenta. "Que no, mujer. Que la casa estaba rodeada por un jardín con perros feroces, y cuando el muchachito quiso abrir la puerta la pervertida que le había bajado los pantalones chifló y los perros se le vinieron al humo. El muchachito tuvo que encerrarse de nuevo, y ella, otra vez, a bajarle los pantalones". Dice la señora que la tucumana se quedó en silencio, completando lo que faltaba decir con movimientos de cabeza, apretando los ojos y mordiéndose los labios, ora los superiores, ora los inferiores. Y recién, al rato, la tucumana: "Al final la puerca le permitió salir de la casa y del campito, pero para entonces lo había dejado como si lo hubieran mordisqueado alimañas. Salió, el joven, de esa casa, y se dio cuenta de que tendría que vivir apartado de toda sociedad. Tomó conciencia de que no podía seguir repitiendo las desgracias que iba sembrando a su alrededor, sembrando y cosechando".

Y así resulta que el adonis entró en un monasterio y fue el colmo; la trifulca que se armó en el frailerío lo decidió a la reclusión solitaria, absoluta y secreta. En plena juventud buscó cubrirse el rostro y desaparecer. Dicen, dijo la tucumana, que lo salvó su más intensa vocación por la belleza del arte, quizás porque era la única opción para que este joven encontrara algo más hermoso que él mismo.

La regenta había escuchado esta historia tres años atrás por lo menos, pero prefirió seguir privilegiando las truculencias que las crónicas criminales le ofrecían diariamente referidas a su misterioso inquilino, ya que la sabia tucumana le había merecido menos atención que los escándalos de apestados, estafadores y magnicidas. Ahora, ahí encorvada en el techo descubría que ésa era la historia real. Ese hombre era un dios. Tuvo ganas de arrojarse sobre los vidrios de la mampara como en una pileta de natación para morir en los brazos del joven y solo la detuvo el temor de astillar el rostro o un músculo de los brazos desnudos del inquilino.

"Ya tengo una razón para vivir en ansias", suspiró la regenta.

Como una zombi bajó de la terraza, se arrastró hasta su pieza y juró vivir encerrada para siempre, como princesa en una torre, como carmelita descalza, como santa que no puede contaminar con las pestilencias del mundo la visión que tuvo en su éxtasis.

Pero murió el amigo que lo secundaba y el dios griego se le había esfumado de las cercanías, y la señora le confesó a Marzolini que no se podía tener de los nervios. Muerto el protector, quién sabe adónde andaría el pobre muchacho, perseguido por jaurías de concupiscentes.

—Lo dejo. Los sublevados vuelven a correr por los techos. Le pido discreción. Volveré a llamarlo, porque tengo que pedirle un favor. Adiós, gracias mi buen Marzolini, adiós.

Y corta.

Y le suena el teléfono.

(No me pude aguantar:)

—A ver, perdiste a la neonata y perdiste a las mosquitas muertas; a la malvada devoradora y a la Flaçon les tenés miedo, y sin la Flaçon olvidate de la ratita; la del atrio y su banda casi te degüellan; la anciana está enamorada de otro... Al final la única boba que te tiene la vela soy yo.

—¿Qué te pasa ahora? ¿No escuchás cuando te hablo? Te digo que apenas terminé de hablar con la señora madre sonó el teléfono. Atiendo y no habla nadie ahí atrás, pero se nota que alguien respira. Y de repente le ataca una tos atabacada y cuelga. Y me suena el teléfono de nuevo, para que sepas.

XVIII

Los ojos de la diosa blanca

Se quedó callado. Bostecé, esperé, y al final salté:

—Bueno, ¿cómo venía la cosa? A la rata se le cortó la voz, la risita digo, tosió y no se animó a hablarte. Y entonces vuelve a sonar tu teléfono.

—Es Flor, para que veas.

—Mirá vos, ¿qué quiere, ir a pasear a la costanera?

—Lo que quiere es decirme que el pintor enmascarado las llamó, que va a pasar por la casa a retirar sus cosas y a pagar lo que debe de alquiler, y me pide si puedo estar presente porque la madre y la hermana están con una crisis de nervios.

—¿Se están peleando para ver quién se queda con el pintor? —me animo a sondear con una carcajada de la que me arrepiento mientras la estoy gorjeando.

—Rita no lo conoce —me suelta Marzolini con una mueca de fastidio, hinchando la cara y cerrando los ojos. Ofuscada por la vergüenza y los nervios apenas puedo sofrenar el impulso de saltar sobre él y apretarle los cachetes para que le salga el chiflido de los muñecos de goma.

Tengo que decir algo para romper el silencio:

—¿Y cómo lo pintó al retrato, el enmascarado? ¿De soñarla, nomás?

—No, Rita entendió todo recién cuando tuvo que darle explicaciones a su hermana. Entendió que el hombre que tantas veces alucinó que la espiaba de noche podía ser, seguramente era, el pintor enmascarado. Sucedió cuando durante meses Rita y Flor se vieron obligadas a dormir en cuartos separados.

Llegó un tiempo en que ellas no pudieron impedir que la madre aceptara cada día más inquilinos, con los trastornos constantes de desocupar sucesivos cuartos, sacando las pertenencias de la familia, incluidos los muebles cuando los huéspedes traían los suyos. Así que durante meses solo encontraron disponibles unas piecitas perdidas y tuvieron que dormir separadas, hasta instalarse juntas en lo que alguna vez había sido el comedor grande y que ahora era un depósito de bolsas, cajas y roperos.

Durante aquel período en que durmieron separadas, el cuartito de Rita tenía una pequeña ventanita, un respiradero que daba a un patio, con un vidrio manchado de pintura que apenas se dejaba desplazar para que entrara un poco de aire durante el asfixiante verano en que a la pobre chica le tocó ocupar esa pieza.

A menudo se despertaba sobresaltada. Se encontraba por ejemplo con que la ventanita estaba encuadrando la luna llena que entraba en la pieza como un farol. Pero lo que la había despertado no era exactamente la luz de esa luna inmensa sino una nube, un eclipse que se había interpuesto en esos pocos instantes cegadores antes de que la diosa blanca abandonara la ventana. O la despertaba un rumor, o una pesadilla, y el sobresalto la encontraba siempre abriendo los ojos en dirección a la ventanita, a veces tan oscura como todas las paredes. Y en la que sin embargo encontraba dos ojos, tan oscuros como la noche, pero con algo de ese brillo que algunas bestias irradian en lo negro, solo que estos no eran ojos de bestia sino de humano que bajaba los párpados y se esfumaba.

El terror y la curiosidad la persiguieron en esas noches, pero no dijo nada ni siquiera a su hermana porque siempre quiso creer que eran consecuencias del caos que estaban viviendo en esa casa llena de rumores extraños y de gente metiéndose en lugares equivocados, o buscando a las dueñas de casa para gritarles alguna queja o denuncia. En aquellos meses en la casa hubo seis nacimientos y ocho muertes.

Fue la única explicación que supo dar la mosquita más hermosa y que ella misma habrá terminado por creer: el pintor la espió, la espiaba dormir desde esa ventanita. Sus ojos eran los fugaces brillos que habían atisbado el día de su llegada, cuando lo vieron aparecer por el largo pasillo de entrada, con ese resplandor que persiste más allá de un rostro velado, cuando lo vieron detrás del intermediario pasar frente a ellas que estaban escondidas detrás de un biombo, junto a la puerta que lo tragó para siempre. Para siempre, juró Rita a su hermana.

—Nunca lo vi. Ni siquiera entreabrió su puerta las veces que fui a llevarle o retirar la bandeja —le cuenta Flor a Marzolini que juró su hermana.

Y Flor le preguntó entonces por qué había estado tan ansiosa cuando se enteraron de que había muerto el intermediario, y Rita le dijo que la había desequilibrado la locura en la que había caído su madre, con esos terrores y esa fobia repentina que le impedía salir de su cuarto, descargando sobre ellas la responsabilidad de atender a los inquilinos y desamparados, eso había sido.

Y la hermana le preguntó también por qué no los había acompañado, a ella y a Marzolini, hacia los fondos de la casa para hablar con el enmascarado aquel día en que se dirigían a anunciarle la muerte del intermediario, y Rita le dijo que los había seguido, pero que se había visto obligada a ocuparse de un huésped y solucionar un contratiempo entre dos familias de narcos que se peleaban por una pieza.

Flor le preguntó finalmente si no tenía curiosidad de ver su retrato en el atril del departamento del pintor. Rita le dijo que sí, pero no en ese momento, que tenía que hacer, que al día siguiente. Y al día siguiente habían saqueado el departamento y habían robado la pintura junto con todo lo poco o mucho que había quedado con algún valor.

XIX

Prohibido contar sueños

Hoy Marzolini me recibe desastrado, con una salida de baño rotosa. Debajo, por momentos, se descubrían las piernas y el pecho desnudo, y se entreveía la tela de un calzoncillo también hecho hilachas. Lucía gallardo, sin embargo.

Me arrebujo en el sofá cama, pero empieza mal:

—Anoche me acordé de la historia de la Niña Santa del cementerio...

—¿Qué, otra vez querés jorobar con lo mismo?

—Nunca te jorobé con la historia de la santita porque nunca me dejaste contártela. Por suerte, si te interesa saberlo, existen otros medios para conseguir que alguien nos escuche. No crea que usted es la única...

—No, ya sé que no soy la única. Vos tampoco sos el único hombre que existe, ¿no te hablé nunca de mi amigo Lorenzo? No señor, usted no es el único y yo no soy la única. A propósito, ¿no tenías que ir a la casa de tus amiguitas para recibir al pintor?

—Sí, y el tipo no apareció. Se hizo tarde y cuando yo ya me iba apareció un pensionista con un sobre que le había entregado un cadete, dirigido a la madre de Flor y Rita, y adentro estaba la plata del alquiler de tres semanas más otro tanto como indemnización por no haberse atenido al preaviso que establecía el contrato y por los gastos que podía acarrear la limpieza del departamento. El firmante agregaba que por la presente les daba el poder para disponer de todo lo que había quedado allí, como quisieran. Por suerte, porque ya habían entrado a robar...

—¿Conociste a la anciana enamorada, entonces?

—No, la señora está encerrada. Yo estuve esperando en la pieza de Rita y Flor. Pero no, no apareció el pintor... Te quería contar el sueño en el que me veía joven, llevando cartas al cementerio, que dejaba como un bollito adentro de los floreros o de los adornos de las tumbas. Y en el sueño yo después me iba y se hacía de noche y veía que en el cementerio se levantaban los muertos a quienes les había escrito (yo los reconocía porque antes había visto sus fotos en las lápidas). Y los muertos se iban juntando por los pasillos hasta congregarse en una larga procesión, llegaban al panteón de la Niña Santa y se ponían a cantar y a rezarle. Y cantaban y rezaban por mí.

—Bueno, si usted sueña otra vez con ellos dígales que también canten y recen un poco por mí, que lo necesito. Sobre todo necesito la fuerza de la paciencia. Bueno, es hora de irme.

—Hacía años que no tenía un sueño tan vívido. No era una pesadilla. Los muertos salían de las tumbas con naturalidad, aseados y bien vestidos.

Yo estaba harta:

—Ay, no doy más. Me voy. Es raro, pero los sueños de los otros me resultan siempre tan aburridos, por eso yo nunca le cuento a nadie los míos. —Me asustó su mirada de resentimiento—. No lo digo por vos, sino en general; cuando en una novela empiezan a contar un sueño, paso las hojas sin mirar. Me gusta cuando los cuenta Freud, porque uno sabe que va a descubrir algo importante y se van a transformar en un teorema, en una novelita policial. Pero así, en frío, hasta los míos me aburren... Me siento pesada, me parece que al mondongo que me hiciste comer le faltaba cocción, parecían jirones de la toalla hedionda que tenés puesta. Mejor me voy.

—Está bien, ¿ni siquiera te interesa saber si el sábado voy a ir a la cita con la Flaçon?

—Estoy cansada, ¿me abrís el portón?

A pesar de mi malhumor me da un poco de risa verlo levantarse como una tromba, chancletear furioso hacia el garaje con los faldones de la bata inmunda enredándose entre sus piernas. Se tropieza con un canasto y blasfemando abre con una sacudida el portón y apenas espera que saque la bicicleta para gruñir un saludo y cerrar con un golpe que hace temblar toda la casa y que retumba por la calle vacía.

Mis papeles

Mis papeles, 1

Ay, tengo que contar dónde y cómo escribo esto, que Dios me proteja.

El sábado a la siesta no me podía aguantar; a las tres me vestí y salí con el antojo de ir a tomar un helado a la mejor heladería de la ciudad, que está en el centro. Capaz que la bici me salvaba, pero el destino quiso que tomara el ómnibus.

A las tres y media llegué a la heladería y me di cuenta de que ni a través de una sonda hubiera podido tragar un sorbo. Estaba nerviosa porque no quería aceptar que estaba ahí para espiar si mi muñeco iba o no a aparecerse a las cuatro en su cita con la Flaçon.

A las cuatro menos cuarto me escondí detrás de un cartel en la esquina de Socornu y Welschen. Ahí me quedé, sobresaltándome al reconocer la silueta de mi muñeco —lo vi tirarse en los brazos de una tetona, lo vi discutir acaloradamente con una morocha llena de hijos, lo vi caerse al bajar de una moto... Lo distinguía apenas un momento, como en un espejismo que después se definía en alguna figura que nada que ver.

Él es obsesivamente puntual, y a las cuatro y diez supe que no aparecería. Me mantuvo la curiosidad por atisbar a la Flaçon. Estaba segura de que habría sabido reconocerla: una mujer desesperada porque él la estaba desairando.

Quise figurarme que varias muchachas solas que estaban por ahí podían ser ella, pero una a una terminaban encontrándose con alguien o subiendo a un ómnibus.

El sobresalto real me lo procuró una mano sobre mi hombro. Me volví asustada.

Un muchacho fornido, altísimo, se inclinaba sobre mí:

—¿Margarita Flaçon?

Los hombres de cualquier tenor me abatatan. Por hacerme la buena, por complacerlo, habré tartamudeado algo así como que sí, que también yo estaba queriendo...

Me agarró fuerte del hombro, miró hacia algún punto lejano de la calle haciendo ostentosos gestos con la otra mano, señalándome.

Me aterroricé, me desprendí del garfio con un sacudón y caminé rápido para cualquier lado, en medio de la gente. El tipo, atrás, me ordenaba que esperase, intentó tocarme y yo pegué un grito, empecé a correr como una loca, di vuelta a la esquina, me tiré a la calle para buscar un taxi. Supongo que la gente me habrá mirado, yo ni me di cuenta. Seguí corriendo, espiando hacia atrás hasta que comprobé que el hombre ya no me seguía.

No pasaba un taxi libre, iba agitada de una a otra parada de colectivos pero no aparecía ninguno. Seguí caminando y al final, más para tranquilizarme que por otra cosa, decidí seguir a pie hasta mi casa.

Al atravesar Mora Torres, una de las cortadas tranquilas que llegan a la avenida, antes de que pudiera intentar resistirme o gritar, me taparon la boca, me alzaron en vilo y me tiraron adentro de un auto.

Quise explicar algo pero no me dieron oportunidad, acomodada en el piso del auto, aplastada por una decena de manos, por un pulpo que me inmovilizaba, aunque sin hacerme daño, hay que decir las cosas como son. Esa constatación no sirvió para apaciguarme; empecé a temblar y a debatirme. Una de las manos me palmeó cariñosamente la espalda y una voz me repitió: "Tranquila, tranquila, que no pasa nada". Capaz que era gente buena, o capaz que me trataban bien porque me creían preciosa, o cardíaca.

Viajamos una buena hora, hora y cuarto, dimos un salto y evidentemente entramos en un camino de tierra porque los barquinazos clavaban mis costillas contra el piso del auto. Uno de los guardianes me pidió permiso, me ató una venda sobre los ojos, y con un trapo me tapó la boca. El auto se detuvo y me bajaron con cierta consideración, no diré gentileza pero sí con atención.

A ver si estos datos sirven para que alguien pueda rastrearme: del auto bajamos a una especie de tierra con pasto. Dos me toman de los brazos para guiarme. Después de caminar unos siete o diez metros de tierra mullida, césped o yuyal, me dicen: "Ahora hay que subir un escalón". Cierran una puerta a mis espaldas.

Me dicen: "Venga, acomódese. Le voy a destapar la boca. Es inútil que grite". De enfrente llega una voz a mi misma altura, quiero decir la voz de alguien sentado:

—No tenemos intenciones de hacerle daño. Antes que nada debo decirle que por fin tengo el gusto de conocerla, me hablaron muy bien de usted. Me la imaginaba distinta, pero gustos son gustos.

Me arrebujé en el cómodo sillón y quise pensar que me hablaba mi muñeco, pensar en cualquier cosa mientras me dejaban libre la boca. Instintivamente llevé mis manos a la venda sobre los ojos. El que desanudaba el trapo de la boca me atajó con cierta violencia.

—La venda de los ojos mejor consérvela, por el bien de todos —dijo el sentado.

—¿A quién buscan? —pregunté apenas pude articular la boca y la lengua seca.

—A usted.

—Se confunden, se los juro. Yo no soy Margarita Flaçon. Yo

de estúpida curiosa quería conocerla.

Y ahí viene el interrogatorio que no puedo detallar porque se me termina el papel y en cualquier momento me vienen a buscar. Otros datos: Ahora estoy en un cuarto sin ventana, con la puerta cerrada con llave. Hay una cama, una silla y una lamparita que cuelga del techo. No hay ruidos de autos. A lo lejos ladran perros, como se escuchan en los suburbios, de noche, en un lugar apartado. Calculo que desde el momento en que me raptaron habremos viajado una hora y algo por el asfalto y unos diez minutos por el camino de tierra.

Me querían confundir con la Flaçon; les pedí que miraran el documento que llevo en la riñonera. Preferí contar la verdad y les dije cómo venía la cosa. Quisieron saber quién era ese hombre a quien la Flaçon quería ver con tanta vehemencia, pero ahí me mantuve firme y no les di el nombre para no comprometer al que ya sabemos.

El del sillón intentaba tranquilizarme:

—No se ponga tan porfiada. Sabemos bien quién es ese hombre, no se preocupe, sabemos dónde vive y todo. Por si no me cree le digo el nombre: Higinio Jotacé. Parece que hoy se iba a encontrar con usted, pero nosotros le ganamos de mano. En su pieza encontramos un papel en el que estaba anotada la cita que tenían en Socornu y Welschen.

Insistí casi llorando que yo no era Margarita Flaçon, pero del tal Higinio Jotacé no dije nada, allá ellos. El sentado intentaba tranquilizarme:

—No se impaciente. Guárdese, que estamos esperando a la persona interesada. Ya tendría que estar acá.

Ordenó a un secuaz para que saliera a escuchar si se acercaba el auto.

El tipo salió y adiviné por el ruido de los grillos y los ladridos que la puerta había quedado abierta. Tengo que aprovechar y escaparme, decidí. Me propuse: cuento tres, me arranco la venda de los ojos y me precipito afuera.

Ya estaba decidida a dar un salto cuando el tipo entró y cerró la puerta.

—Sí, allá viene.

Y al rato se escucha un auto que se acerca y estaciona junto a la casa. La puerta se abre.

—¿Dónde está? —grazna el recién llegado, ansioso, a mis espaldas.

—Aquí la tiene —dijo el sentado, ahora de pie a mi lado.

—¿Qué? —chilla el recién llegado. Corrió a mi lado y me dio vuelta con un sacudón que me levantó de la silla y me hizo trastabillar. Me atajé y quise sacarme la venda de los ojos, pero alguien me sostuvo y me alejó las manos de la cara.

El tipo maldecía, gritaba como una soprano, que qué habían hecho, repartía golpes. El que había estado sentado ordenó que me llevaran a la otra pieza. Ah, y fue ahí que el chillón en persona se acercó y me revisó la riñonera; sacó el telefonito, lo tiró al piso, y adiviné que le saltaba encima y pateaba los restos; sinceramente fue en esos momentos que tuve el primer gran escalofrío de terror, como si estuvieran machacando mi caja craneana. Mientras me encerraban oí al soprano ordenar que barrieran esa basura y la tiraran al río: ¿basura yo o lo que quedaba del celular?

Me empujaron hacia este cuarto en el que estoy escribiendo. Al principio no presté atención a los gritos que me llegaban del otro cuarto; cuando entendí que estaba sola, me arranqué la venda y me encontré en la oscuridad, me abalancé hacia las ranuras de luz de la puerta. Estaba cerrada con llave. Golpeé, grité, pero la discusión del otro lado seguía y nadie atendió mis pedidos. El último llegado de la voz aflautada repetía algo así como: "Te dije que era una yegua espectacular, ¿ese adefesio es una yegua espectacular para vos?". Ignoraban mis golpes y gritos; no hacían más que hablar de la Flaçon y de esa otra mujer que era un adefesio. El sentado se defendía: "Yo no fui. Fueron los muchachos". "¿Y vos no les dijiste?". "Nosotros sabíamos que teníamos que traer a una mujer con ese nombre. El Mono le preguntó si se llamaba así y esta acá contestó que sí, ¿qué más querés? Dijiste que era vistosa, y ésta tiene el pelo colorado, creímos que era ella". Vistosa, dijeron.

De golpe partieron. Hubo movimientos, portazos de la casa y ruido de los motores que se pusieron en marcha y se alejaron, hasta que quedó solo el silencio.

Llamé, golpeé, grité que necesitaba ir al baño. Nada.

Encontré el interruptor de la luz y la encendí. Escribo esto que escribo atrás de las boletas del gas y de la tasa municipal que llevaba en la riñonera, con la lapicera que me regalaste, muñeco, y que no me imaginé nunca que iría a usar en una situación como ésta. Por ahora voy a esconder estos papeles atrás del almanaque clavado en una pared, con la foto de una mujer desnuda. Habré caído en manos de unos depravados, o no sé, capaz que son mecánicos, la mujer está lamiendo el capó de un auto.

Mis papeles, 2

Ay, tengo que contar todo lo otro antes de contar adónde y cómo estoy escribiendo esto que escribo. Arranqué unas páginas de un cuaderno y estoy aprovechando el dorso vacío. Escribir es lo único que puedo hacer para tranquilizarme e ilusionarme con echar una súplica en una botella tirada al mar.

Entonces, resulta que estaba encerrada en esa casa perdida en medio del campo. Oí que los tipos discutían. Me pegué a la puerta y entendí que el de la voz de pito le recriminaba al otro que hubiera convenido dar vuelta todo en la pieza de ese tal Jotacé en vez de revisar así nomás, que habían perdido un montón de tiempo y que lo único que les quedaba por hacer era ir, agarrar al tipo y hacerlo hablar.

—¿Y qué hacemos con esta otra? —preguntó el que me había recibido sentado.

No pude oír qué decidían. Después, unos ruidos en la puerta. Escondo el papel que había escrito atrás de un almanaque puerco y rezo a mi ángel de la guarda. Prueban que mi puerta esté cerrada con llave. Corren algún mueble o algo así para asegurarla del otro lado. Pasos que se alejan. Portazos. Los dos autos se ponen en marcha y se pierden en el silencio.

Deduzco que en el auto que me trajeron venían cuatro tipos, y espero —porque morir de sed y de hambre es una de mis peores pesadillas— que hayan dejado a alguien vigilándome. Grito que quiero ir al baño. Forcejeo, pateo la puerta. Nada. Me derrumbo en el piso.

Crujidos, leves rumores que, cuando se me ocurre que son ratas que me están rodeando, me obligan a saltar de pie y subirme a la silla.

Se corre el mueble, se entreabre la puerta.

Se asoma una mujer, tapándose con un dedo la boca, tendiéndome la mano para que la siga por la ranura que ha dejado libre.

Por una ventana saltamos fuera de la casa. Es de noche; perdí la noción de cuántas horas pasé en esa casa. Nos internamos en el oscuro follaje.

No me pude aguantar:

—¿Quién es usted?

—Espere, ya llegamos; tengo el auto escondido junto al camino —me contesta a duras penas, agitada, jadeando.

Trepamos una pendiente y nos encontramos con una camioneta estacionada entre matorrales.

—Ya le cuento todo, espere que me concentre y lleguemos al asfalto. Déjeme fumar que si no me muero.

Enciende un cigarrillo y lo consume de una pitada. Partimos.

—Rece, si llegamos a la ruta estamos salvadas. Si vuelven ahora y nos descubren...

Y ni que los convocáramos; en ese camino que parecía no llevar a ningún lado aparecen los faros de un auto que se acerca.

—Échese, escóndase, que no la vean cuando pasen. Si buscan detenernos, agárrese porque la ruta está cerca y me tiro adentro de los campos para escapar.

Enroscada y todo debajo del asiento como estoy veo acercarse esas luces hasta enceguecerme. Aprieto los párpados. Rezo.

Y la mujer:

—Puede salir. Sí, era el auto de ellos. Iba solo el conductor, quién sabe qué se proponía hacer con usted.

Llegamos al asfalto. Me acomodo con una pierna debajo de la cola, vuelta hacia la conductora, dispuesta a escucharla. Enciende un cigarrillo y empieza:

—Tenía que reemplazar a una amiga. Ella no podía ir para

encontrarse con alguien y me pidió que fuera yo. Fui y me quedé en la camioneta, esperando ver esa persona, cuando un tipo viene, se me mete por la ventanilla y nombra a mi amiga. Ya antes lo había visto con un grupo de hombres raros en el interior de un auto estacionado enfrente. Le cerré la ventanilla sin contestarle. Y al rato veo que ese mismo tipo empieza a correrla a usted. Después lo veo regresar corriendo, trepar en el auto y señalar la dirección hacia la que usted había escapado. Y bueno, el auto parte y yo empecé a seguirlo, porque me di cuenta de que el hombre de la cita ya no vendría y que usted podía tener algo que ver con mi amiga.

—¿Su amiga se llama Margarita Flaçon? Me confundieron con ella.

—No puede ser. ¿A usted la confundieron con Margarita?

—Bueno, ¿por qué se asombra tanto? Después de todo, yo también soy vistosa. Eso dijeron.

—¿La conoce bien?

—¿A la señora Flaçon? No, para nada, no la vi nunca. Y ella, ¿por qué no fue a la cita?

—Les conseguí un buen pasaje. Hace mucho que ella y su novio se quieren ir y tenían todo preparado, los pasaportes, las valijas, todo listo. Y esta mañana se fueron, se fueron para siempre. Ojalá que les vaya bien. A lo mejor el viejo continente la trata mejor, a Margarita. Y bueno, me dejó encargada para que fuera a la cita y le diera las gracias a ese amigo que no apareció.

—¿Gracias por qué?

—Por todo lo que él hizo por ella. Es su destino, pobrecita. Margarita es hermosa y tuvo que soportar esa desgracia desde niña. El padrastro la quiso violar, el hermanastro la quiso violar, los vecinos la atacaban para violarla. Porque además hay que decir que Margarita es un poco volada y parece consentida.

Usted le sonríe y ya la tiene comprada. Usted la llama y ella va. Usted le pide y ella dice que sí a todo. Pero cuando se da cuenta empieza a resistirse. Diga que tuvo suerte y al final se salvó de cada cosa que mejor no le cuento. Ella ni se percata de que arrastra siempre una procesión de admiradores. Admiradores en el mejor de los casos, porque muchos son mercenarios que esperan la ocasión para aprovecharla de mil maneras. Hasta organizaciones extranjeras la quisieron atrapar. De todo; una vez quisieron obligarla a hacer de espía en el conflicto árabe-israelí en Latinoamérica. Por suerte siempre encontró algún alma buena que caía a sus pies y la salvaba. Ahora me parece que tiene la ocasión justa para comenzar una buena vida, lejos de todos, en una isla. El hombre con quien se escapó es una buena persona, doy fe, era mi marido, bueno, mi novio, pero yo tuve que comprender y ayudarlo para que la conquistara y la salvara. Terminé ayudándolos, ya ve. Qué va a ser, tendré alma de Teresa de Calcuta.

—Sí —tuve que admitirle—, yo también le agradezco por toda esta ayuda que me está dando.

—Y lo hago con el corazón, realmente. Por el poco tiempo que la conozco, Margarita se me hizo entrañable.

—Se hizo su amiga del alma.

—Sí, así nos llamamos, amigas del alma.

No me pude aguantar más:

—¿Y a que yo adivino cómo se llama usted? No me lo diga, déjeme concentrar... ¿Marta?

—¿Qué, cómo sabe?

—Porque yo soy amiga de un señor... El destino de su amiga Margarita es que la persigan, pero también el de andar persiguiendo, me parece.

—Así que usted es amiga del señor...

—Sí, del señor ése a quien usted llama por teléfono.

—¿Y él le cuenta que habló conmigo y que me llamo Marta?

—Tenemos una conexión energética misteriosa con mi amigo. Usted no me va a creer pero la cosa es que contamos con poderes que están más allá de lo sensorial, más allá de lo humano común y corriente. Fíjese que a él dos por tres lo abducen los extraterrestres.

—Qué interesante. Y cuénteme por qué él no fue a la cita con Margarita. Esperé y esperé pero no lo vi.

—¿Usted lo conoce?

—De referencia nomás. De la descripción que me hizo Margarita.

Yo la miraba mientras manejaba y no sabía si darle perfil de santa Teresa u hociquito peludo de rata. Manejaba fumando; se encendía un cigarrillo con el pucho que acaba de consumir y el humo rebotaba en el parabrisas y me ahogaba.

—Así que Margarita le sacó el novio, a usted... ¿Hace mucho?, porque mi amigo me parece que no tuvo la impresión de que usted sufriera alguna pérdida reciente. La vio tan predispuesta...

—Es que yo tenía que convencerlo para que concurriera a la cita y se despidiera de Margarita. Por eso me hacía la simpática.

—Pero si es tan linda y tiene tanto arrastre con todo el mundo, ¿por qué su amiga del alma estaba tan obsesionada con Marzolini?

—No sé, ella dice que Marzolini es un amor, pero no creo que en un sentido materialista; sexual seguro que no porque Higinio no está celoso.

—¿Higinio?

—Su novio, mi ex.

—A ver, déjeme concentrar. ¿Higinio cuánto? ¿No será Higinio Jotacé?

—¿Cómo lo sabe? ¡Qué poderes tiene usted! ¿No me diga que usted también anduvo con Higinio? No me asombraría; es que no hay manera de resistírsele, ¿no?

—La verdad es que a lo mejor ese hombre está en peligro. Lo nombraban los tipos que me raptaron. Dijeron que a través de él sabían acerca de esa cita con la Flaçon, creían que la cita era con él, y yo para salvar a Marzolini no los desmentí. Dijeron que habían entrado en su casa y vieron un papel con el día y el lugar de la cita.

—Es que Margarita nos encargó a los dos que llamáramos a su amigo Marzolini. Al número de teléfono Higinio lo habrá agendado en su celular, pero habrá anotado en un papel la calle y el día del encuentro.

—Pero dígame, que no me quedó claro, ¿se conocen bien Margarita y mi amigo, digo nuestro amigo?

—No me lo pregunte a mí; vaya y léale la mente a su amigo. —Se rió, la rata cínica. De rabia hasta olvidé que me había salvado—. Ella dice que lo vio y quedó encantada, pero él lo niega.

—¿Cómo, encantada?

—Usted sabrá qué encantos tiene ese hombre. Yo lo que sé es que él le bailó, le habló, la auxilió. Tengo la impresión de que ella exagera, porque al final siempre se salvó por mérito propio. Margarita se autoayuda mucho, de otro modo no hubiera aguantado todo lo que le pasó en la vida. Una cosa atrás de otra, y ella sigue entera, sin contaminarse... Permítame una curiosidad, ¿qué le transmitió de mí su amigo?

—Nada, nada importante. Él es un seductor nato; es su manera de ser, con usted y con todas las mujeres que se le cruzan.

Pero no se preocupe, es inofensivo.

—Debe ser una persona ilustrada, ¿me equivoco?

—Bolacero ilustrado; si lo deja hablar, está frita. Si yo abro la boca y digo lo mismo que él es como la segunda parte de una novela arruinada; no se sabe por qué pero todo se va para el lado de los tomates.

—No, si usted es muy simpática y entretenida, una mujer de acción. Se ve que lleva la voz cantante.

—Usted me gana, tan simpática y temeraria. Gracias por haberme salvado. Mire que animársele a esa banda, hay que tener coraje.

—El problema fue cuando se metieron en la calle de tierra; se iban a dar cuenta de que los seguía, por eso dejé esta camioneta en un escondite y empecé a caminar hasta que vi el coche de ellos estacionado frente a esa casita.

—Ay, Dios, ¿usted se acuerda del camino? Algún día tengo que volver a buscar un papel que escondí detrás de un almanaque. Acuérdese por favor, de otra manera nadie me creerá lo que ahí está escrito. Usted sí, es la única, pero sin esos papeles no vamos a convencer a nadie, yo no domino el arte de nuestro amigo Marzolini, que habla sin que le importe si le creen o no; yo necesito documentar todo.

En quien yo pensaba era en mi amigo filósofo de bar, Lorenzo; ni siquiera con los papeles en la mano me creería. O terminaría sentenciando alguna constatación acerca de la catastrófica vigencia de la irracionalidad romántica en pleno siglo XXI. "Bueno", podría contestarle yo, "por lo menos me pasan cosas singulares y que son propias y únicas en el universo, mientras que los convencionales hombres de meticulosa cordura serán arrastrados por su estólido estilo minimalista, y serán como la gramilla que en la cosecha se aparta para quemar". En tales delirios de entresueño me sorprendió la entrada a la ciudad. Gentil, la conductora me preguntó dónde vivía y me acompañó hasta mi casa.

—Bueno, un día de estos nos llamamos para tomar un café, ¿sí?

Quise anotarle el número de mi teléfono, pero ella se anticipó y me dio una tarjeta con el suyo: "Marta Cortuás. Asesoramiento Holístico".

Le agradecí de nuevo su servicio y me bajé.

Abro la puerta del edificio. Saludo y mi salvadora parte. Subo a mi departamento, abro, cierro, prendo la luz y me encuentro con el monoambiente lleno de gente.

Me atan a una silla, me llenan la boca con un trapo. Poco a poco llego a determinar que son todas mujeres, seis. No soy prejuiciosa, pero enseguida colegí que no se trataba de un grupo de catequistas. Una parecía un rugbier, otra estaba rapada, otra con hot pants y glúteos tatuados, otra con vestido de fiesta...

La que tiene los pantaloncitos ajustados, como un hilo dental con dos trapitos, es mala, a propósito busca hacerme daño mientras me atan. Las otras hacen lo que les dice la del vestido de fiesta, con desgano y empujándose entre ellas.

Cuando ya no me puedo mover ni producir ningún sonido, la del vestido de fiesta se me acerca y me dice casi en un susurro que solo quieren saber una cosa y después me van a dejar libre y tranquila. Y cuando me pregunta lo que quieren saber confirmo que la realidad es más delirante que cualquier historia en boca de mi muñeco o en las páginas de una novela, aunque esa novela fuera mi vida contada por un chiflado otrora vanguardista y se diese por descontado que no lleva a ningún lado. Al respecto, la única teoría que puedo esgrimir es que estoy escribiendo esto con el corazón en la boca.

Me resisto a entender lo que oyen mis oídos y la del vestido de fiesta me lo tiene que repetir.

Quieren saber cómo se comporta Marzolini cuando hacemos el amor. La expresión que usa es otra, pero ese es el sentido.

Me sacan el bollo de la boca, advirtiéndome que no grite ni hable en voz muy alta si no quiero que me arranquen la lengua.

Les digo que yo no tengo idea de lo que ese Marzolini hace o no hace, dice o no dice en tales circunstancias, que yo apenas lo conozco superficialmente.

Me vuelven a encajar el bollo en la boca. La fiestera, con gruñidos, me dice que no mienta, que me han seguido y saben que yo paso muchas noches en la casa de ese hombre.

Me sacan el bollo. Les digo que no sé, que no sé, que carezco de toda experiencia al respecto, que de noche lo que ese Marzolini me hace es hablar y contarme cuentos.

Por suerte no puedo desperdiciar espacio en este papel para reproducir las guarangadas con las que dos o tres de ellas reciben mi confesión. La mala del hot pants dice cosas que me hacen estremecer. Describe lo que podría hacerme con sus manos de herrero para hacerme decir la verdad.

La del vestido de fiesta busca convencerme:

—Te vía a cantar la justa. Yo la busco a Margarita Flaçon y quiero saber por qué ella está encajetada con ese pelotudo. ¿Me entendé ahora? ¿Te pone los cuernos y vo' te lo defendé? ¿Qué tiene de especial? Yo le puedo dar el doble de lo que le da ese pajero, ¿ahora me entendé?

El resto de las locas se rieron, se codearon, hicieron gestos procaces, pero la del vestido de fiesta las frenó con un chistido.

—Decime lo que sabé, vo'.

Me destaparon la boca.

—Yo no la conozco. Mi amigo, al que usted muy atinadamente llama boludo, es así, él tampoco conoce a esa mujer.

La del vestido de fiesta se empieza a poner nerviosa. Me encaja el bollo en la boca y me zamarrea de los hombros.

—Hace meses que Margarita anda atrá del boludo, ¿te creé que no lo sé? No vengá con que él no la conoce, empezá a cantar o te dejo la cara en compota.

Ahí les suena un celular. La mala atiende y les avisa con cierta agitación que llama Jorgita, que hay lío en la casa, que se tienen que ir, que Jorgita dice que pueden saber que están aquí, que tienen que salir rajando.

Se ajetrean.

La del vestido de fiesta (que me parece que era un vestido de novia cortado a la altura de las rodillas, con un ruedo mal hecho y medio desflecado) se me acerca al oído:

—Ya te via buscar otra vez, así que preparate. Quiero saber adónde está Margarita porque yo la quiero para uso exclusivo ¿me entendé, pedazo e' boluda?

Y antes de que yo pudiera revelarle que Margarita se había ido para siempre, ordenó que me desataran, pero un poco nomás, para que demorase en soltarme. Se acercó la pérfida, que fingió aflojar los nudos de la soga que ataban mis manos detrás de la silla mientras me clavaba las uñas en la espalda. Se fueron corriendo y empujándose entre ellas.

Tardé como una hora para liberarme. Me abalancé sobre el teléfono fijo y llamé a Marzolini. Nada.

Él desconecta el teléfono cuando se va a dormir, pero quizás no atendía porque estaba tirado en un charco de sangre. Disqué el número de Lorenzo: "El abonado se encuentra en reparaciones...", empezó a repetir la voz de una sádica que a duras penas retenía su risa.

No me podía aguantar. Me lavé un poco, saqué la bici del

subsuelo y me largué hacia la casa de mi muñeco.

Ya se atisbaba algún resplandor en el cielo, pero era feriado y las calles estaban vacías. Cuando llegué y estaba tocando el timbre oigo que chirrían los frenos de un auto, portazos, y apenas tuve tiempo de darme vuelta antes de que me agarraran, me alzaran en vilo y me tirasen adentro de un vehículo.

Se me termina el papel y tengo que decir dónde estoy. Resumo. Estoy en la ciudad. A unos diez minutos en auto de la casa de Marzolini. Un lugar raro. Debe ser un lugar con gente, porque se vieron obligados a disimular y al bajarme del auto no me vendaron ni ataron. Se limitaron a rodearme entre cuatro hombres grandotes como roperos y me empujaron haciéndome sentir la punta de una chuza pinchándome la espalda. Traté de chillar y el que tenía detrás aumentó la presión de la punta afilada y me escupió la oreja advirtiéndome que no se me ocurriera hacer lío.

Apretujada entre los cuatro energúmenos no podía ni siquiera levantar la cabeza porque el que marchaba delante tenía una larga melena con rastas como esponjas de acero que me raspaban en la cara. El que va detrás no solo me clava la punta del cuchillo, el inmundo aprovechaba para adelantar la pelvis, pero como era muy alto apenas lograba refregar el pendorcho enhiesto entre mis riñones. Pasamos por una especie de patio, después por unos largos pasillos y al final me metieron en una pieza llena de porquerías y colchones tirados en el piso. Ahí me vendaron y me ataron a una silla y me taparon la boca. Apenas pude entrever a esos cuatro brutos, los cuatro iguales, con miradas de acero; no sé describirlos.

Me ataron y amordazaron. Tres de los tipos quedaron a mis espaldas. Uno se me planta adelante, se agacha y me pregunta con voz baja y feo aliento:

—Ahora vos me decís adónde está tu mamá y yo te suelto para que sigás paseando en bicicleta, ¿te parece bien?

Me sacó la mordaza:

—Mi mamá murió cuando el corralito le comió los ahorros —atiné a sincerarme. Y enseguida quise aprovechar la ocasión para gritar pidiendo auxilio. Me tapó la boca con la mano mugrienta, a mí, que lavo con creolina hasta las llaves y las manijas de las puertas del condominio.

—Bueno, tu mamá me importa un carajo. Lo que quiero saber es adónde se metió Delbarco.

Hice cara de preguntar: ¿Quién?

—Dale, nena, tu vieja se fue con Delbarco y vos sabés adónde, así que te conviene vomitarlo.

Negué todo con la cabeza.

En ese momento alguien golpeó la puerta. Unos golpecitos rítmicos que debían ser una señal. Uno de los que estaban detrás de mí se llega hasta la puerta y la entreabre. Vuelve, comenta algo con los otros. Me ajustan la mordaza y las sogas. Se van agitados, los cuatro. Escucho cerrar con llave desde afuera.

Apenas me encontré sola me empecé a sacudir. Terminé con la silla en el piso, en medio de escupitajos y calzoncillos sucios, pero liberada de la venda en los ojos. Me dolían los brazos y me sentía medio paralizada y con apnea por resistirme a respirar esos trapos hediondos.

De nuevo voces y golpes en la puerta. Me sacudo para hacer ruido y llamar la atención de quien está afuera.

Vuelven a golpear la puerta, educadamente, con los nudillos.

Produzco como puedo ruidos de ventrílocua y me sigo sacudiendo. Ay, que no se vayan, rezo.

Golpean. La tercera es la vencida: ahora se van, me estremezco. Veo una botella parada sobre el piso en medio de la pieza; pienso que si la hiciera caer el estrépito podría llamar definitivamente la atención de la gente tras la puerta. Con las contracciones de la postura yoga Magnolia Replegada y el despliegue de los movimientos Anillos de Serpiente ruedo entre los trapos y basuras hasta empujar la botella, que cae con un ruidito de morondanga. Pero los sobresaltos del ajetreo o de mi corazón deben haber sido elocuentes porque del otro lado empezaron a sacudir la manija.

Preguntaron:

—¿Hay alguien ahí?

Nuevamente me hice venir la epilepsia.

Del otro lado llegó una voz:

—Voy a buscar la llave. ¿Cómo figura esta pieza?

Silencio.

Tres siglos después alguien regresa, ruidos en la puerta. Prueban llaves, una, dos, diez, cincuenta. Yo rezaba: "Dios mío, apiádate de esta pobre criatura que nació para un destino menor, común y silvestre, para casarse, llevar adelante una casa, y lo que no es poco, te recuerdo, también para darte, si te parece bien, nuevas criaturitas que canten Tu honor y Tu gloria. De estas cosas raras que tienen que ver con el sonido y la furia yo no me entiendo, Señor. Perdona si mi afición a curiosear en romances ajenos me arrastró a este trajín de pobre antiheroína sin autor respetable. En verdad yo tenía el propósito de salvar a la pobre alma descarriada de Tú sabes quién y me arrepiento sinceramente ya que debí en cambio comprender que antes debía procurar la salvación de mi propia alma. Permíteme reencauzar mi vida en paz y tranquilidad. Haz que se abra la puerta y me salven de esta pocilga, lo pido por mi bien y para Tu infinita gloria. Que así sea".

Si no rezaba me volvía loca. Ya se habían probado como

quinientas llaves. Cada una de ellas podía ser la última.

De repente la puerta rechina y alguien, impulsado por el forcejeo, se tambalea dentro del cuarto y cae junto a mí. Me encuentro con la cara de una mujer a dos milímetros de mis ojos. La mujer huele a perfume Carolina Herrera, una beatitud en medio de esos calzones rancios.

—¿Qué le pasa, se encuentra bien? —me pregunta, incorporándose. Descubre que estoy atada y amordazada y se apresura a liberarme.

Me pregunta quién me hizo esto, por qué, pero yo solo puedo contestarle no sé y no sé.

Hasta que se me da por preguntar a mí:

—¿Adónde estoy?

La mujer, que es una muchacha joven, me busca la mano, me ayuda a levantarme.

—Después hablamos. Vamos, rápido, están pasando cosas raras y puede volver el que la dejó encerrada.

Me arrastra de la mano por lugares oscuros, un patio interior iluminado por un lucernario, un pasillo largo con apenas un Corazón de Jesús entronizado con una velita eléctrica, desniveles con escalones que suben y bajan.

Forcejea con una llave, abre una puerta y me hace entrar.

Hay un velador encendido en una mesita entre dos camas. La habitación es grande pero se entrevé atiborrada de muebles.

Le estoy por preguntar: "¿Usted por si acaso se llama Florencia o Rita?", pero me callo porque calculo que es Rita; más linda no puede ser. Y porque habla ella, ansiosa:

—Quédese acá. Ya vuelvo y charlamos, tengo que ir a hacer otra cosa. —Y se va.

Cierra la puerta y escucho que le echa llave.

Me abalanzo, forcejeo, nada.

Así que acá estoy, encerrada de nuevo.

Hay una ventana, pero atrás de los postigos hay rejas, y da a un patio interior, solo muros a la vista. Dudo si empezar a gritar. Busco un teléfono que no hay. Encuentro una computadora pero no logro hacerla funcionar. Para tranquilizarme decido escribir este mensaje. Es triste ser solo escritora catártica, sin energía para cuidar estilo o elegancia, pero en fin, buscando papeles para escribir esto que escribo, metí mano en los cajones de un escritorio, y en el fondo de uno encontré un cuaderno. Era el diario de Rita y en la primera página estaba escrito:

"Flor, te pido que no leas este cuaderno en el que anoto mis cosas que quiero guardar en secreto, aunque antes o después sé que las compartiré contigo".

Yo no me llamo Flor, así que le eché un vistazo, nada más que para entender si me convenía esperar tranquila que regresara la mosquita muerta o desesperarme por pedir socorro a los gritos. La última anotación es de ayer (o de antes de ayer, no sé en qué día estoy viviendo) y dice que tiene que dejar de escribir porque hay lío en la pensión. "Desapareció mamá", termina.

El contenido del diario era superinteresante, pero sigo buscando un papel para pedir auxilio. No encuentro. Compruebo que tres páginas de ese diario de Rita están desperdiciadas, escritas solo de una cara de la hoja, así que con todo el dolor del alma las arranco. Me disculpa el hecho de que a mí, en este momento, me sirven más que a ella; si se tratara de las confesiones de Ana Frank o de San Agustín sería otro cantar, pero estas hojas eran anotaciones que podían sacrificarse dada mi situación desesperada. En efecto si algún día necesitara justificar un acto que reconozco muy feo de por sí, bastaría transcribir lo escrito por Rita.

(Que ahora —pasado el tiempo y recuperados estos manuscritos— en efecto puedo transcribir:

"*Otra carta. Esta vez llega a mis propias manos. Y esta vez no la he devuelto sin leer.*

"*Abrí el sobre, no pegado, apenas la solapa enganchada, de otra manera no me hubiera animado; quería tener hasta el último momento la posibilidad de arrepentirme, volver a cerrar el sobre, devolverlo como a los otros; tener la posibilidad de arrepentirme después de nada más ver desplegado el papel, después de ver cómo estaba escrito, si impreso o manuscrito, después de ver la cantidad de escrito que tenía la hoja —en ésta y también en las anteriores era fácil deducir, por el peso y el grosor, que no podían encerrar más que una hoja—; de poder arrepentirme después de leer la primera letra o después de entender si realmente me escribía a mí —en el momento de llevar o retirar las bandejas de su puerta cerrada, en el momento de agacharme para dejar o retirar las fuentes y los platos, justo ahí, oía resbalar el papel por debajo de la puerta y veía la aparición del sobre con siempre el mismo destinatario: 'Para usted, señorita feliz'—, entender si se dirigía a mí o se confundía, en primer lugar con Flor, que le llevaba y retiraba tantas veces como yo la comida: hasta el último momento quería tener la posibilidad de arrepentirme y fingir que no había leído esa carta, incluso después de leerla entera quería tener la posibilidad de arrepentirme, plegarla, devolverla al sobre, devolverla cerrada, como las otras, devolverla.*

"*Pero, ¿cómo negar la diferencia esencial que establecía esta carta, la primera que llegaba después de su desaparición, después de que su autor se esfumara en la nada? En las anteriores, ya lo dije, ni siquiera estaba segura de que yo fuera la destinataria. En las anteriores, yo sabía cómo y dónde devolverlas. A ésta, en cambio, la trajo un chico que no conozco. Yo estaba saliendo a la calle y el chico vino y me dijo: "Esto se lo tengo que dar a usted". Le dije* que no, que quién lo mandaba, que se equivocaba. Salió corriendo. No tengo manera de devolverla, a menos de concurrir con ese fin a la cita que me propone.

"Abro el sobre. Una hoja doblada en cuatro. Letra manuscrita. Hermosa letra, caligráfica, sin ostentación pero con el cuidado de cada trazo.

"Me pedía que le perdonara su tristeza. Que ahora se daba cuenta de que escapando de la brutalidad y de la fealdad y del pecado del mundo había caído por propia y única voluntad en la peor brutalidad y en el peor pecado, y que frente a mí, a mi alegría, había sabido que se había convertido en un demonio por el mismo peso de la soberbia que había derrocado a Lucifer.

"Decía que me veía como un ángel.

"Que yo podía salvarlo.

"Pero al mismo tiempo veía también que él podía precipitarme en la perdición.

"Y su tristeza era que el último resabio de amor luminoso que le quedaba tenía que dedicarlo a salvarme del peligro, del peligro de que en vez de salvarlo yo a él me sucumbiera él a mí, o el horror máximo, que yo lo salvara a costa de mi caída.

"Que le perdonara la tristeza. Que lo perdonara por no resistirse a este único alivio de esperar que esas sus letras pudiesen encontrarse con mis ojos. A pesar de la devolución sin abrir de las cartas anteriores, a pesar de todo, incluso con el terror de que sus letras pudieran realmente encontrarse con mis ojos, aun así, escribirme era el único momento en que se sentía respirar, en que respiraba. Lo que antes le permitía respirar, los momentos en que se dedicaba a pintar, habían sido para nadie —la soberbia, ahí está, cambiada ahora en soberbia de artista—; lo que después, cuando me espiaba, había seguido siendo su respiración en la pintura —pintando mis retratos— ahora tampoco traía aire a su ahogo, *y solo podía respirar escribiéndome, con la esperanza de que mis ojos encontraran sus letras y con el horror de que eso sucediera, aun con el alivio "... y el desencanto con que siempre había encontrado devueltos en la bandeja los sobres sin abrir.*

"La carta terminaba con una cita. La dirección de una casa en San José del Rincón.

"Y no tengo manera de plegar y devolver, entonces, esta carta. A menos que vaya a llevársela personalmente".

Eso es lo que está escrito en las tres páginas que arranqué para escribir mi pedido de auxilio. Continúo transcribiendo ahora lo que yo anoté aquel día fatal en el dorso de esos papeles:)

Me había perdido en el curioseo del diario de Rita cuando oí un leve rumor en dirección de la puerta. Veo que un sobre termina de resbalar por la ranura debajo de la puerta. Devuelvo al cajón el cuaderno del cual después arrancaría estas hojas en las que escribo y salto de la silla. Llego a la puerta y antes de que pueda empezar a golpearla y gritar para llamar la atención de quien tiró esa carta, oigo pasos y una puerta que se cierra a lo lejos. De manera que grito y golpeo, inútilmente.

Busco el sobre que han tirado.

"Para Rita".

Como de costumbre, el sobre viene sin pegar. Pero mirá vos, hasta el nombre de ella se anima a escribir, ahora. Rápido para tomar confianza, el pintor; y rápida también ella, la mosquita angélica.

En fin, basta, se me terminó la paciencia y el papel. Voy a esconder esto que escribí atrás de un cuadro con un paisaje serrano, yo diría que de buena factura, y empiezo a gritar.

Mis papeles, 3

¡¡¡¡Auxilio!!!! ¡¡¡¡Por favor!!!!! ¡¡¡¡Detrás de esta puerta hay una persona encerrada contra su voluntad!!!!

¿Por qué, Señor, me envías esta cruz? Yo hice todos los deberes para pasar desapercibida, y acá estoy, muerta de sed, hambre, cansancio y desasosiego, teniendo que escribir esta súplica como última esperanza. En tu omnisciencia, Dios mío, quizás estabas distraído, de manera que escribo sobre todo para que Tú te enteres. Lee en primer lugar los dos papeles que dejé escondidos Tú sabes dónde y entérate ahora cómo vine a caer aquí, si es que logro sacar punta a este lápiz con mis dientes porque la lapicerita que me regaló Marzolini me traicionó; se le acabó de repente la tinta.

Bueno, ya Tú sabes que estaba encerrada en el dormitorio-comedor de las mosquitas muertas. Abrí la ventana que miraba a un patio interior enrejado y había empezado a pedir socorro cuando oí ruidos en la cerradura.

Se abrió la puerta y entró la que supe que era Rita porque era todavía más linda que la hermana carcelera que me había recluido. Me le tiré a sus pies:

—Déjeme salir.

La pobre quedó paralizada. Después me llevó hasta un sillón. Me vio sudada y lipotímica, y corrió a ofrecerme una gaseosa que sacó de una heladera empotrada dentro de un armario. Se desvivía en disculpas cada vez que yo insistía:

—¿Por qué me encerró su hermana?

—Por favor, tranquilícese. Algo habrá pasado, tenemos que meter llave cada vez que salimos porque no hay seguridad en esta casa. Habrá cerrado mecánicamente... ¿La tenían atada, me dice? ¿En cuál pieza? ¿Quiénes?

—No sé, ésta es su casa, usted debería saberlo.

—Es que hoy aquí está pasando de todo.

—La verdad es que a mí me atraparon en la puerta de la casa de Marzolini. No se sorprenda, yo también lo conozco a su amigo Marzolini.

—Ay, Dios mío, ¿en la casa de él, dice? Tendría que llamarlo. Pobre, espero que no le pase nada malo.

—A mí me pasó algo malo, no a él. Me confundieron con alguien, creo. Ya antes me confundieron con una tal Margarita Flaçon, no sé si su amigo Marzolini le habló de ella, una mujer que parece que es vistosa.

—No, él nunca habla de cosas personales. Esa mujer, esa Margarita, ¿es la novia?... O, perdón, a lo mejor la novia sea usted...

—Que yo sepa Marzolini no tiene novia, pero con los hombres nunca se sabe... ¿Por qué me agarraron y me trajeron a su casa?

—No lo sé, le juro, estamos teniendo tantos problemas... No la encontramos a mi mamá, que es una persona mayor y no sale nunca. Y al mediodía llegó un grupo de gente violenta que se metió en la casa y ocupó un departamento que hay en el fondo del terreno.

—¿El departamento del pintor?

—Pero usted sabe más que yo...

—Marzolini no se puede guardar nada; usted sabe cómo es. ¿Así que el pintor pintó su retrato?

—Desapareció ese cuadro. Se robaron todo. Lo extraño es que el pintor no me conocía.

—Ay, no sé por qué me vinieron ganas de cantar esa canción

que dice "Desde que me dejaste, la ventanita del amor se me cerró...", ¿se acuerda? Quizás él la espiaba por una ventana...

—Ya veo que Marzolini no tiene secretos con usted. Sí, eso es lo que dedujimos, que me espiaba por una ventana, de noche, pero Marzolini sostiene que son los extraterrestres quienes le movían los pinceles.

—¿Y los extraterrestres cómo la conocen a usted?

—Ay, por favor, no me complique más las cosas... La tengo que dejar. ¿Se quiere quedar a descansar o prefiere que la acompañe hasta la salida?

Pensé: le pido quedarme un rato a descansar y leo lo que me falta de su diario. Hasta podía releer esa parte tan instructiva para una persona tímida como yo, cuando la bobita peregrina a Rincón para encontrarse con el pintor voyeurista.

Pero otra vez ruidos en la cerradura.

Entra la carcelera, la mosquita menos linda, y atrás de ella entra él, como si nada, como si ya fuera el esposo que acompaña a su esposa, como si volvieran de parranda, ahí está. Viste pantalón a cuadros piernas de elefante, saquito verde años '60 y botitas de piel de carpincho.

Me descubre y es el primero que habla.

—¿Y vos qué hacés acá? —pregunta, casi con disgusto. Lo vi como realmente es: feo, malo, desconsiderado. Nunca tuve tantas ganas de darle una bofetada a alguien.

—¿Se conocen? —pregunta con los ojos vacunos la mosquita menos hermosa—. Yo le conté que había encontrado una mujer atada, pero no sabía que se conocían.

Marzolini (horrendo, un monstruo) se rió:

—Ah, Flor me dijo que había encontrado atada una mujer a la que seguro le estaban practicando alguna perversión sadomasoquista.

—¡A tu abuela! —No me pude aguantar—. Y para que sepas me raptaron en la puerta de tu casa y después me trajeron acá.

—Ah, por eso encontré tu bicicleta tirada en mi vereda. Te la entré al garaje, podés quedarte tranquila.

—No, tranquila no me quedo, en absoluto. Quiero saber por qué me agarraron en tu casa. —Y antes de que contestara me volví hacia la mosquita muerta que se habría estado regodeando en imaginar toditos los detalles de la escena, desde el principio en que debí tirarme a los pies del hombre vestido de cuero que tenía solo abierto un hueco para los genitales hasta el momento en que me dejó atada y tirada en medio de su añeja ropa interior—: Y usted, ¿por qué me encerró en esta pieza?

—Para resguardarla. Para que no la aten de nuevo. O para que usted no cayera en la tentación de que la atasen otra vez. Perdone si no le avisé, es que estamos en medio de una hecatombe. Mi mamá... —la miró a la más linda, que negó con la cabeza, supongo que queriendo decir que no había novedades. Me tuve que dar una patada para no gritarles que no fuesen tan hipócritas. Di media vuelta e increpé al gordito blandengue:

—¿Por qué me agarraron en la puerta de tu casa?

—No sé si tendrá que ver. Hoy volvió a la carga esa mujer que me llamaba por teléfono en nombre de la Flaçon. Dado que yo había faltado a la cita me llamó para informarme que su amiga del alma se había marchado para siempre y me dejaba saludos. Y yo la convencí para que fuera a mi casa y nos conociéramos, pero al rato me volvió a llamar para decirme que no podía, que dejáramos el encuentro para más adelante porque tenía la sensación de que la estaban vigilando. Y de paso me aconsejó que me cuidara yo también.

—¿Y no te contó esa señorita que tuvo el gusto de conocer a una amiga tuya que sería yo?

—No, ¿vos a ella la viste? Yo no la conozco personalmente.

¿Cómo es, linda, joven?

—No es vistosa para nada, si eso es lo que te interesa. ¿Y no te dijo que me salvó de morirme de hambre y de sed encerrada en una casa en medio del campo?

—¿Y por qué ibas a morirte en medio del campo?

—No sé. Algún problemita que tiene que ver con vos.

Marzolini buscó la complicidad de las dos hermanas. Se volvió teatralmente a una y a otra repitiendo:

—¿Yo?... ¿Qué tengo que ver, yo?

Me pareció adivinar que me nacía un feroz odio para siempre. Tenía la forma de un muñeco de trapo roñoso, empotrado en medio de mi pecho, empalado en mi esternón.

Las hermanitas se habían apartado para cotillear a sus anchas.

Nos quedamos callados. Yo sentía que estaba hundiéndome sin remedio en una ciénaga y no valía la pena ni patalear. Si no me agarraban de los pelos o no me tiraban una soga estaba perdida; pensé que quizás debía llamar a Lorenzo para que me invitara a tomar un café y me propinase una lección de racionalismo demostrándome cómo la bobita que soy, por efecto de estar siempre debatiéndose en la duda metafísica precartesiana, se encontraba como está, cansada, dolorida, sudada, con la boca seca, con el estómago revuelto...

—A propósito, ya me enteré cómo fue que me conoció Margarita Flaçon —salta el empalado.

—¿Ah, sí? ¿Tan seguro estabas de no conocerla, y de golpe te acordaste?

—Ella me conocía, yo no. Y mirá vos, todo fue por culpa tuya.

—Sí sí, vas a usar cualquier excusa para salvarte de mis acusaciones. Al final resulta que yo soy la mala y tengo la culpa de todo.

—Vos no quisiste escuchar una historia y yo la tuve que

grabar. Me filmé, la grabé, hice copias y las dejé por cualquier lado. Nunca dejaste que me expresara como necesitaba, así que me filmé contando ese asunto para el resto del mundo.

—La verdad es que estoy muy cansada y no quiero escuchar tus historietas. No puedo ni quiero nunca más atender a tus caprichos neuróticos, no me importa nada y apenas pueda me voy a recluir a meditar un poco, ojalá pudiera encerrarme en un convento. El único problema es que ahora te empujan para que salgas a la calle a ayudar al prójimo, son todas monjas tercermundistas, no te dejan en paz en ningún lado...

—Margarita me vio en la película y Marta me contó que ese video le cambió la vida a su amiga del alma.

—A mí en cambio tus historias me complicaron la vida, como te habrás dado cuenta. ¿Tanta mala suerte me tocó?

—No sé si será tu suerte, pero hay una historia que nunca quisiste escuchar.

—Siempre hablaste vos; me parece raro que yo no te haya dejado contar algo.

—No, señora, es usted la que ordenaba de esto se habla y de esto otro no. A la historia de la Niña Santa nunca la quiso escuchar, usted.

Las mosquitas vampiras nos miraban pelear con una sonrisa falsa; la menos linda se acercó al pelele y lo tomó del brazo, mejor dicho se lo apropió como si fuera una herramienta a su disposición:

—Entonces, mi buen amigo, ¿me acompaña a seguir recorriendo la casa para ver si encontramos a mi mamá?

El puerco, contento de no tener que seguir dándome explicaciones, se desvivió en zalemas y trotó hacia la puerta. Se fueron como si nada, como señor y señora, que se van al teatro, o a hacer sus cosas íntimas.

—Y usted, ¿no la busca, a su mamá? —le pregunté a la mosquita más linda.

—Estoy tan cansada... ¿Usted me acompañaría?

—Ay, mire, para cansada estoy yo, se lo aseguro. ¿Sabe cuánto hace que estoy despierta, que no pruebo bocado, que no me higienizo a pesar de haber pasado por manos y mugres que mejor no le detallo?

—¿Puedo ofrecerle un té? ¿Quiere pasar al baño?

—No, señorita, no. A mí no me encierran más aquí adentro.

Y antes de que esta anófeles me engatusara como su hermana, salté hacia la puerta, le di las gracias (no sé de qué) y salí disparada por los pasillos.

Cuando me di cuenta me encontré perdida en pasadizos y patios. Las caras con las cuales me cruzaba no me brindaban confianza como para acercarme y preguntarles por la salida. Me atajó del brazo una especie de gitana en guardia frente a una pieza de la cual salían luces rojas:

—Vente, maja, entra, que ya veo en tus ojos un futuro rico de aventuras.

Empecé a correr desesperadamente hasta que se me rompió una tira de la sandalia.

En una especie de vestíbulo había unos sillones descuajeringados y un teléfono público. Me siento y busco monedas en mi riñonera. Como una idiota, aun sabiendo que no lo voy a encontrar, disco el número del enano. Atiende el contestador con una grabación nueva, peor incluso que las del pasado. Suena "Danubio azul" y él, con voz de baboso: "Cómo quisiera estar de cuerpo presente para hablar contigo. Los hados no lo han querido, pero deja tu mensaje y me comunicaré apenas regrese de mi anodino peregrinar, cuando me acometa el éxtasis al escuchar tu ansiada voz". Cuelgo sin decir ni mu.

Llamo a Lorenzo. Ahí la secretaría telefónica es neutra, una voz de robot que dice que no está disponible y después del bip puedo dejar un mensaje. Y me desbordo, empiezo a gritar y llorar, que estoy en peligro mortal, que si no lo llamo dentro de unas horas que por favor venga a buscarme con la policía, que estoy perdida en una casa cerca del centro, no sé bien la dirección, un caserón enorme...

Se termina el lapso de grabación.

Salta de la riñonera una tarjeta, la de la rata holística.

Llamo. Contesta, con voz de Edmundo Rivero:

—¡Qué sorpresa! ¿Qué tal, cómo anda? Estaba durmiendo... —carraspea y lanza suspiros contra el receptor.

—Marta, por favor, tiene que ayudarme. Después de que usted me dejó en mi casa me raptaron otra vez, no, dos veces. Tres veces. Estoy desesperada, ahora estoy perdida en una casa. No doy más, me voy a desmayar.

Tosió:

—Un poco de calma, mujer. Si quiere que la ayude va a tener que explicarse mejor. Dice que está perdida, ¿dónde?

—En la pensión de las amigas de Marzolini, ¿él le contó de las dos hermanas...?

—¿Anda con dos hermanas? Yo me di cuenta enseguida de que algo no cerraba con ese tipo. Higinio era picaflor, pero siempre con una por vez...

—Escuche, Marta, ¿cómo podemos hacer? Tengo que salir de este lugar, pero no sé decirle la dirección para que venga a buscarme...

Suspiró otra vez. Ahí entendí; eran bocanadas de humo que largaba violentamente contra el tubo, murciélaga, rata con alas.

—Si no sabe la dirección, no se me ocurre cómo podría llegar para ayudarla... A esta hora, antes de un café no razono.

—Ay, bueno, pero no me corte. Por lo menos sigamos hablando hasta que me tranquilice un poco.

—Sí, yo no tengo problema, estoy tirada en la cama. ¿De qué queremos charlar?

—Supe por Marzolini que usted lo llamó y le anduvo contando que Margarita lo vio en una grabación.

—Eso quiere decir que usted sigue en contacto telepático con Marzolini, ¿por qué no le pide ayuda a él? Margarita dijo que ese señor la salvó; que la salve también a usted.

—¿De qué la salvó, Marzolini?

—De una de las tantas, habrá sido. Lo último que me enteré es de un tipo a quien le ofrecieron quinientos mil dólares por la cabeza, quiero decir el cuerpo entero de Margarita. La tenían filmada, precisamente de cuerpo entero, sin que ella lo supiera, en el baño de su casa, y varios señores pudientes hicieron una vaca para que el proxeneta se las entregara en carne viva. Y el proxeneta cobró parte del dinero y se lo gastó antes de que la señorita se le escapara de las manos y los señores que habían hecho la colecta lo empezaron a apretar feo...

—Marzolini jura que no la conoce.

—Pero ella sí, ya se lo dije. Tanto quería encontrarlo a su amigo —tan modosito parece, ¿y con dos hermanas, me decía?— que sembró avisos de búsqueda por todos lados, anuncios de los cuales su amigo ni se enteró, pero sí ese proxeneta que la buscaba para entregarla a los señores libidinosos que ahora amenazan con violarlo a él. A todo esto resulta que Margarita estaba metida en otro lío, porque aparte de las filmaciones que habían obtenido de la pobre cada vez que iba al baño y se pegaba una ducha, ya antes Margarita había sido filmada, siempre con su total desconocimiento, violando su intimidad más íntima apenas se le ocurría ir a enjabonarse y frotarse un rato. Y con esos videos quisieron chantajearla. Ella se quería morir cuando un día la llaman para un trabajo (es decoradora, ¿sabía usted?, muy fina, de muy buen gusto, lo que al final redunda en su contra, porque ese gusto exquisito lo tiene hasta para vestirse, así que hermosa está siempre, no es que solo despierta deseos al espiarla en sus abluciones), va la pobre a la dirección y la hacen pasar y cuando la tienen adentro la empujan y la encierran en una pieza. Le hacen ver las grabaciones que tienen de ella y le dicen que las van a hacer públicas si no acepta seducir a tal ministro para sacarle tal información. Ella por supuesto se niega y la dejan encerrada en esa pieza. Grita y pide auxilio pero nadie la escucha. Intenta descubrir si en las computadoras y grabadoras que hay en el lugar puede conectarse y conseguir socorro. Al final, un milagro, ella dice así, que un milagro la salvó, y que le estará eternamente agradecida a su amigo Marzolini.

—A todo esto, ¿tuvo noticias de ella?

—Quedamos en que no nos comunicaríamos para que no la puedan rastrear. Pero estoy segura de que está bien y de que ya empezó otra vida. Pero hasta el momento de partir la pobre me recomendaba no dejar de ir a la cita para agradecerle a su amigo el discurso y el baile.

—Pero entonces, si Marzolini bailó con ella...

—Ufa, no, él solo, una rumba abolerada, él solito bailaba... Bueno, la siento más tranquila. ¿Se le pasó el miedo o quiere seguir charlando?

—No, está bien, voy a ver si me animo a preguntar por la salida.

—Sí, no se puede vivir pensando que todos son criminales... Deme tiempo para tomar un café y cualquier cosa me vuelve a llamar.

—Ya no me quedan monedas; le hablo de un teléfono público. Al celular me lo destruyeron los tipos que me habían encerrado en el campo. Y ya que estamos, ¿qué querían de Margarita esos hombres de los que usted me salvó?

Bufó contra el aparato:

—Bueno, ahora, como le digo, sin un café... Los casos que Margarita tenía pendientes eran muchos. Estaban el proxeneta, el productor porno, la esposa envidiosa...

—¡Mujeres, sí! ¡La mujer vestida de novia y sus amigas...! Estaban en mi casa, una pelada, una tatuada...

—Uh, ésa es otra. No se resigna, es mala esa mujer. A Margarita le daba lástima y le explicaba que sus gustos iban para otro lado, pero esa loca se ponía peor, le decía que probara una vez y después se lo iba a pedir de rodillas... Será salvaje y violenta, pero si me la encuentro le hago saber yo lo que es una buena biaba...

—No, no se le ocurra, Marta, parecen mujeres entrenadas con los marines.

—Si me agarran en este momento, en ayunas, soy capaz de reventarle la cabeza a cualquiera que me venga a molestar —y largó un huracán de humo—. Si le parece bien, ahora usted se ocupa de sus cosas y yo de las mías.

—Sí, claro, pero ¿me promete hacer algo si no la vuelvo a llamar dentro de un rato?

—Mire, voy a ser más clara, a ver si me entiende: no, en este momento no le prometo un carajo. Y le digo más, la voy a empezar a tratar muy mal si no me deja ya mismo ir a la cocina a prepararme un café. No puedo moverme con este teléfono, así que sin más voy a despedirme.

—Está bien, perdone, no la retengo, vaya nomás.

Y le corté, rata inmunda.

Enseguida me arrepentí; el lugar era tenebroso, húmedo y maloliente. Esos sillones desvencijados sobre los cuales estaba hundida, quién sabe qué extrañas humanidades habrían sostenido, y quién sabe en cuáles posturas. El techo tenía hermosas molduras color oro, pero descascaradas y peligraban caer sobre mi cabeza. Quizás debería dejarme estar aquí, pensé, reducirme yo también cuanto antes a una encogida momia podrida.

Cerré los ojos y me dejé ir. Me dormí.

El mundo se tambalea y se sacude, me tira para un lado y para el otro. Me despierto y me cuesta entender que tengo un resorte del diván clavado en la cola y que estoy chocando contra un cuerpo y unas manos que buscan atajarme. Una pequeña señora está sentada junto a mí en el diván e intenta sostener mi convulsión.

—Perdón, perdón, no me fijé que había alguien y salté como hago siempre. Yo vengo acá a dormir la siesta porque en mi pieza no se puede estar. Llegan mis sobrinos de la escuela y hacen batifondo.

Apenas pude me incorporé, impulsada por los resortes.

—Quédese, yo no ocupo mucho lugar; es un diván grande, éste. Dijeron que lo iban a tirar, pero yo ya me acostumbré y me daría lástima.

Parecía una señora buena y despertó mi confianza:

—Señora, por Dios se lo pido, indíqueme cómo puedo hacer para salir de este lugar.

—¿A tomar aire, al patio, quiere salir?

—No, señora, a la calle. Quiero irme a mi casa.

—Ah, yo creía que usted vivía acá. A este vestíbulo no llegan los de afuera; lo conocemos solamente quienes vivimos en la zona. Fíjese que hasta el teléfono funciona; los otros hace tiempo que están destruidos... Para salir a la calle, yo no puedo caminar mucho, por eso no la acompaño, tengo flebitis, ahora usted a esta pierna la mira deshinchada, pero a veces se infla el doble que la otra... A ver, para salir a la calle lo mejor será que usted vaya derecho por ese pasillo hasta el final, ahí agarra a la izquierda y llega a una puerta, abre nomás y va a ver una escalera, pero no la suba, vea que abajo hay un hueco que abrieron para pasar al otro lado de la casa, antes solamente se comunicaban por el patio central. Pase por ese boquete y ahí se encuentra con los puestos de la feria que funciona los miércoles y los sábados, son como mostradores con ganchos para colgar la carne o el pescado, usted pase por ahí y llega a un patio, el patio chico de los malvones y va a ver varias puertas; tiene que entrar por una que es con vidrios y da a un zaguán como éste pero más grande y sin sillones, y muchas puertas, pero usted siga por el pasillo y al fondo, a la derecha, golpee en la primera puerta, pregunte ahí que la van a atender bien y le van a decir, porque después es un poco complicado y si le explico ahora se le va a armar lío en la cabeza.

Le hice repetir el recorrido y yo misma lo repetí diez veces. Respiré hondo, me despedí de la pequeña señora y me largué compenetrada en el itinerario, decidida a no atender ni mirar a la gente que cruzara en el camino. Recorrí el pasillo y a la izquierda abrí la puerta y abajo de la escalera pasé por el boquete y superé los puestos de la feria y el patio y la puerta con vidrios de colores y el zaguán y el pasillo y al final doblé a la derecha y golpeé a la primera puerta.

Abren. Me quiero morir.

Rita, la mosquita más linda.

Y atrás la pieza en la que su hermana me había encerrado.

—¡Usted! —grité yo.

—¿Usted, de nuevo? —ella.

La abracé con un sollozo.

—Quiero irme a mi casa —traté de decir, ahogada por espasmos y mucosidades. Logré que aceptara acompañarme hasta la salida.

Ella marchó delante, rápida, como queriendo barrerme y sacarme de su dulce hogar cuanto antes. Recorrimos un pasillo, y otro, y otro, y llegamos a una especie de vestíbulo y doblamos casi en 360°, lo cual me hizo sospechar que esta muñequita lo que quería era desorientarme, quién sabe con cuáles intenciones. De repente el corredor por donde avanzábamos empezó a llenarse de gente, hasta que la multitud se hizo tan compacta que fue imposible avanzar. La mosquita pedía permiso e intentaba filtrarse entre los cuerpos amuchados. Una señora la increpó feo:

—¿Qué queré, estúpida, no ve' que no se puede pasar, te creé que tené coronita?... Ah, pero yo te conozco, vo' so' la hija de la dueña.

Rita se vuelve, me toma de la mano, retrocede, me tironea. Regresamos hasta una antesala y la mosquita saca del bolsillo un manojo enorme de llaves y encuentra la que nos permite entrar en una habitación medio derruida. Una escalera, andamios y tachos de pintura indican que la están arreglando.

Rita desplaza la escalera hasta una ventana muy alta. Sube, la abre, y antes de desaparecer en el hueco me indica que la siga. Trepo y por la abertura veo el cielo. Rita me tiende la mano.

Cruzamos terrazas y peligrosos techos inclinados con chapas de zinc herrumbradas que crujen bajo nuestros pasos.

Se oyen voces cada vez más altas, gritos, un clamor de multitud.

Finalmente llegamos a una baranda; nos asomamos y ahí

abajo hay un gran patio lleno de gente. Sobre el techito de un asador hay un hombre desgañitándose por arengar a la masa, pero los que están debajo de él lo apagan con sus gritos e intentan alcanzar sus piernas para bajarlo.

—Estos no viven en la casa, se metieron por la fábrica abandonada que está en el fondo. —Rita me señala un muro más allá de un jardín en el que desemboca el patio.

Dos o tres muchachos logran treparse al asador y empujan al orador hasta derrumbarlo. Entre tanto, un griterío mayor se levanta, de voces femeninas. Veo mujeres que vociferan con las cabezas alzadas hacia nosotras, señalándonos.

—¡Hija de puta! —me gritan, aunque la verdad es que no sé por qué debería sentirme aludida.

—¡Nos descubrieron! —salta Rita. Antes de darme cuenta de que me conviene irme a mí también, la veo correr por los techos, de regreso al ventiluz de la pieza en refacción.

Hay pasajes en que hay que ir en equilibrio sobre cornisas que terminan en hondos patios interiores. En algunos de esos patios hay perros enormes que me descubren y se desesperan ladrando y saltando hacia arriba.

La mosquita brinca y corre como un gato, no se distrae ni un momento en comprobar que yo la siga sin problemas. Me saca un montón de ventaja, y demoro tres horas en llegar al ventiluz.

Meto la cabeza en la oscuridad, tanteo la escalera, bajo las piernas, y antes de que logre siquiera afirmar un pie en algún travesaño siento fuertes, morrudas, y podría jurar que peludas manos que atenazan mis tobillos, mis muslos, mi cintura, y me tiran para abajo. Me golpeo el mentón y los brazos al rebotar en los escalones, pero caigo suavemente sobre un colchón de brazos que me aprietan, me inmovilizan y me tapan la boca.

Me arrastran fuera del cuarto (oigo la puerta que abren y que cierran a mis espaldas), me llevan por algún largo pasillo. Caminamos sin interrupción durante unos cinco minutos, siempre remolcada, casi en vilo, rodeada por cuerpos que me ocultan. Me parece revivir la situación de unas horas antes, *un déja vu*; la melena de esponjas grasientas que me arañan la cara del que va delante, pegada yo a su espalda porque el que tengo detrás se me pegotea para empujarme y me obliga a meterle los codos para que con ropa y todo no me clave su puerco adminículo, los mismos que me arrastraron dentro de este conventillo, después de que me apresaran en la casa de Marzolini.

Se detienen. Oigo manejar llaves y abrirse una puerta. Me empujan. Cierran la puerta y oigo echar llave desde afuera. Me arranco la cinta adhesiva y el bollo que me tapan la boca.

Estoy en un cuarto sin ventanas. Las paredes y la puerta forradas de ese grueso material con agujeros que insonoriza las salas de radio y de grabación. Grito y pateo, inútilmente.

Escribo esto que escribo en papeles con un membrete que dice: "Estudio 18 Brumario. Turnos de grabación / filmación", y trataré de hacer pasar el papel por debajo de la puerta.

¡¡¡¡Sálvenme!!!!!
¡¡¡¡Estoy encerrada en el 18 Brumario!!!!

Mis papeles, 4

(Perdidos).

Mis papeles, 5

Amanece. En mi departamentito querido. Estuvimos descansando (¡vaya descanso!) en la casa de Marzolini. Lorenzo me acompañó y nos despedimos hasta la noche. Me tomé tres litros de mate con galletas, queso y aceitunas. Estoy muerta de cansancio pero no quiero irme a dormir. Quiero vivir. Tengo que anotar todo antes de que el sueño me borre los recuerdos, porque eso quiero cuando me vaya a dormir, borrar y empezar de nuevo como después de atravesar el Leteo. Voy a ajustar el reloj para que me despierte a las siete de la tarde y levantarme con tiempo para vestirme como un hada.

Además me conviene de paso esperar que abran la oficina y llamar para justificar mi ausencia de estos días. Mejor que invente cualquier excusa, si les cuento no me van a creer.

Me faltaba contar parte de lo que viví después de escaparme del Estudio de Grabación 18 Brumario. Acá vamos.

Empecé a correr como una loca para escaparme de esa maldita pensión. Corro y por supuesto me pierdo y caigo otra vez en corredores poblados de gente que presumo deben dirigirse al patio donde está la manifestación. Escapo para el otro lado y otra vez me encuentro con pasillos llenos de gente. Me animo a preguntar por la salida a una viejita que está sentada junto a la puerta de su pieza bordando en un bastidor. Me dice que siga derecho. Le digo que ahí no se puede pasar por las multitudes que van al patio. No, me dice, esa buena gente no tiene que ver con los delincuentes del patio, que estos son los que buscan apoyar a la patrona en el comedor grande y que cuando llegue al comedor grande ahí podré preguntar y encontrar fácil la puerta de calle. Así que enfilo hacia la dirección que me indica y me entremezclo con los grupos cada vez más apretados.

Me tapan los ojos. Se me aflojan las piernas. Otra vez, pienso, ahora me encierran otra vez, la definitiva, en un catafalco. Me debato y me cuesta entender la cara de sorpresa con que me miran.

—Che, pará un poco, era una broma —salta el gordito estúpido, haciendo ondear las botamangas anchísimas del palazzo a cuadros.

Detrás de él, las dos mosquitas muertas.

—Ay, hoy usted y yo nos salvamos por un pelo de que nos agarraran los invasores del patio, ¿eh? —larga con soltura sin igual la anófeles más hermosa.

Me debo haber puesto roja intensa:

—Usted se salvó, señorita. A mí me agarraron y me encerraron.

—No me diga —quiso dibujarse una cara afligida—. ¿Le hicieron daño?

—No tuvieron tiempo porque me salvó la difuntita de la que es tan devoto su amigo aquí presente.

—¿Qué...? —atinó a abrir la boca el señorito antes de que una ola de la multitud lo apartara de nosotras.

—Me gustaría saber por qué, quiénes y con qué intenciones me agarraron a mí —la apreté a la Tsé-Tsé más linda.

—Oh, son los que estaban haciendo lío para ocupar la casa, con el nazi disfrazado de aborigen. Por eso la gente se está reuniendo aquí. Para festejar que apareció mamá y tomó las riendas. A propósito, ¿sabe que la confundieron, creyeron que usted era yo o mi hermana?

—Sí, mirá que hay que ser ciego para confundirte con ellas —se rió Marzolini, otra vez pegado a las polleras de Flor—. Ciegos y pavotes deben ser para creer que vos eras Flor o Rita y que fuiste a mi casa para buscarme en esa bicicleta cachuza.

—Querían que les dijéramos adónde estaba mamá con Delbarco.

—¿Delbarco es el pintor que se tapa con una careta? ¿Su mamá estaba con el pintor? —pregunté por preguntar algo, como si no lo supiera y no tuviera otras cosas más interesantes para preguntar. Pero tenía que disimular; quizás habían descubierto la violación del diario de Rita y me estaban probando.

—El pintor es un hombre muy valioso, muy cotizado. La madre de ellas se trajo varios cuadros de regalo —se lució el enano, y ya aburrido de mí se colgó del brazo de las bobitas—. Vamos. Su mamá las está esperando y yo no veo la hora de conocerla.

Dieron media vuelta y avanzaron pidiendo permiso a los manifestantes, que al reconocer a las princesas les abrían paso. Las empezaron a aplaudir.

Yo las seguía como una idiota. Me sentía muy humillada, pero tenía que sonreír porque como era la última de la comitiva, algunos dejaban de aplaudir para palmearme. Me sentía como una cortesana, como el paje que lleva la cola de las emperatrices.

Salté hasta llegar detrás del enano rechoncho que iba saludando como si ya fuera el yerno de la patrona, y por partida doble.

—Yo me quiero ir a mi casa. Indicame cómo se sale a la calle —le escupí en la oreja.

—Bueno, esperá un poco. ¿No ves que la gente quiere festejar? Qué mala onda, qué cara de culo tenés.

Llegamos a una antesala tan abarrotada de gente que nos vimos obligados a detenernos. Escuchaban a un hombre que se había trepado sobre una mesita. En medio de su discurso, que la voz gangosa y la mala acústica del lugar no dejaban entender, el orador descubrió a las mosquitas muertas y las señaló vitoreándolas. Una mujer, más alta que el hombre que estaba subido en la mesa, empezó a gritar un panegírico sobre estas criaturas y su santa madre que habían sabido comprender que hay momentos en la vida en que uno debe hacerse dueño del propio destino y dirigirlo con mente fría y brazo firme. Las mosquitas muertas sonreían y besaban a los circunstantes que se tiraban sobre ellas. El enano se dignó volverse hacia mí y señaló una esquina del zaguán:

—Mirá, ahí está el loco por la Flaçon.

—Ah, yo creí que el loco por la Flaçon era el que se había escapado con ella.

—No. Ella se fue con el que era novio de Marta.

—Ya sé. Higinio Jotacé se llama. Pero creí que él era el loco obsesivo... Sí, a Marta se le fue el novio, así que ahora es una ratita libre de compromisos, que me dijo que conoce una trampera con una linda horma de queso para compartir con vos. Lo que no sé es si estas hermanitas te van a soltar...

Un grupo de muchachos levantaron en andas a la mosquita Rita. Ni lerdo ni perezoso, Marzolini se tiró sobre las ancas de la mosquita menos linda e intentó alzarla él solo. La bobita se tambaleó, pegó un gritito feliz, y tres o cuatro voluntariosos se apresuraron a secundar al bofe asqueroso.

Siento que me agarran de las nalgas y descubro a un jovencito libidinoso, lleno de pústulas, que intenta levantarme. Le pego un sacudón y le grito que yo, gracias a Dios, no pertenezco a la familia real ni a la organización de ese conventillo. El jovencito me mira con desprecio y salta para alcanzar las colas de las mosquitas. La gente las lleva por el pasillo ellas se bambolean como santos en procesión.

Yo me aplasto contra la pared viéndolas alejarse. Se apaga el griterío y escucho a dos hombres que hablan junto a mí. No entiendo bien lo que dicen, algo sobre que habría que seguirlas para espiar si no la tienen escondida. Pero lo que importa, lo que me atrae no es lo que dicen sino la voz de uno de ellos. Me acerco para oír mejor, y ya no me caben dudas: la voz chillona, la vocecita histérica, de soprano, de cotorrita, la voz del tipo que habían estado esperando mis secuestradores, allá en la casa de los suburbios.

Me vuelvo disimuladamente para mirarlo, temiendo que él a su vez me reconozca, aunque me parece difícil habiéndome siempre visto con la venda que me tapaba los ojos.

Lo miro y descubro que es el tipo que Marzolini me señaló unos minutos antes, el loco por la Flaçon. Lo miro tan fijo, boquiabierta, que se vuelve y me clava los ojos. Como si nada; ni me reconoce ni le parezco vistosa, evidentemente. Se da vuelta y sigue hablando con el compinche.

Me arrebato, hiervo de rabia. Resbalando contra la pared me alejo del loco por la Flaçon mientras me cargo de odio y sed de justicia. No puedo dejar a este puerco impune. Si se pierde quizás no lo encuentre nunca más; tengo que aprovechar ahora.

Me alejé hasta la boca de un pasillo y sin pensarlo siquiera empecé a gritar:

—¡Aquel hombre, agárrenlo, me secuestró, el pelado, con camisa amarilla, agárrenlo! ¡No lo dejen escapar! ¡Es un peligro público, me secuestró, me confundió con otra!...

La gente que me rodeaba me miró como a una loca y se abrió, apartándose como si estuviera apestada.

La procesión con Marzolini y las mosquitas había desaparecido en los recodos del pasillo. Sigo gritando y salto para señalar al loco por la Flaçon. Ya no lo veo.

—¡El pelado con camisa amarilla! ¡Me secuestró ayer y me escapé! ¡Ayer, o antesdeayer, no me acuerdo!... —me desgañito.

La gente me miraba feo.

Un señor inmenso, con la baba colgándole de los colmillos extendía los brazos hacia mí:

—Calma, chica, calma. Ahora vamos juntos a la pieza de primeros auxilios y te medicamos, ¿sí? Una chica tan linda haciendo escándalo, ¿qué anduvo tomando?

Otras voces saltaron a mi alrededor:

—Es una del patio sur, seguro, todos drogados.

—No hay que dejar que entren, si se mete uno se meten todos...

Quise explicarme, roja de vergüenza. Pero me miraban cada vez peor y algunos se alinearon junto al gigante amenazando con atraparme. Entendí que me convenía darme vuelta y escapar.

Me encajono en un corredor y al llegar al fondo atisbo a las dos santas que llevan en andas, destacándose a lo lejos sobre las cabezas de los manifestantes que las siguen. Me abro paso a los codazos y llego a ver que las mosquitas se bajan de sus sillitas de oro y entran en una pieza. Me encuentro con la puerta cerrada cuando alcanzo a remar contra los promesantes que regresan al vestíbulo. Golpeo.

Sale la bobita rutilante, la retratada. Te conozco, mascarita.

—Ah, es usted. Su amigo se fue. Le pedimos que nos abandone un rato, porque necesitamos un poco de intimidad con mamá. La pobre está cansada y todavía no pudimos hablar con ella. Su amigo la quería conocer, pero ahora no es el momento.

—Sí, yo también me quiero ir, ¿le podría pedir a alguien que me acompañe? Ya me perdí muchas veces...

—Usted está muy agitada. Pase, siéntese un rato. Total, somos mujeres, entre nosotras no hay problemas, mamá se sacó un poco de ropa para respirar mejor.

La verdad es que me desmayaba. Entré en la pieza y me dejé caer en una silla junto a la puerta.

Es el comedor-dormitorio donde me había encerrado su hermana. Me quedo ahí sentadita, resoplando, mientras la menina más linda va a unirse con la otra. Terminan acuclilladas, rodeando el diván donde reposa la Abeja Reina, una señora muy bien puesta pero más agotada que yo. Me había visto entrar y levanta una mano enguantada a modo de saludo.

A duras penas la deja hablar el enfisema pulmonar:

—Ay, hijas, si en vez de un pintor me tocaba un escritor, capaz que en vez de pintarme un retrato escribía mi historia y le salía la gran novela argentina. Podía empezar con los abuelos inmigrantes. Al papá de mi papá le robaron en el puerto una libra esterlina, que era lo único que traía. Ya la historia de esa libra esterlina...

—Mamá, tranquilízate. ¿No es mejor que te llevemos y te acuestes en tu dormitorio? —la interrumpió la mosquita menos linda.

—¿No te interesa saber que ese hombre estuvo a punto de comerme viva?... Está bien, si a mis hijas no les interesa su propio país ni su propia madre...— dijo la señora, incorporándose y mirándome a mí, buscando mi complicidad.

—No, señora, siga que a mí me interesa mucho —dije, sin pensarlo, porque me dio mucha lástima, y las increpé a las mosquitas—: La pobre quiere compartir lo que vivió; déjenla que se descargue. No hay que ser castradores con los padres porque cuando no los tenemos ya no hay forma de arrepentirse.

La Reina Madre volvió a gesticular:

—No, deje nomás, señorita, mucho no puedo decir porque ya estoy vieja para entender. Yo hubiera jurado que lo que habíamos vivido era suficiente, que habíamos aprendido y madurado, y resulta que acá estoy, viendo que se repite lo mismo. No todos supieron tener la grandeza de hacer el mea-culpa, al contrario, se aprovecharon y entonces la cosa vuelve a repetirse. Quién iba a pensar que un muchacho como ése me quería comer viva. Se devoró a un montón de mujeres, me dijo, pero si me quedaba buena y tranquila por ahora me iba nada más que a pintar un retrato. Me senté en una silla y me pintó, y mientras pintaba me hablaba y yo a un cierto punto ya no le discutía porque no entendía razones. Y porque además, tendrían que verlo, por más que estaba encapuchado me tenía pendiente de los labios que se veían atrás de un agujero. Los agujeros en la máscara para los ojos y la boca eran como cavernas que se abrían a una especie de luz, no se podía creer que los brillos de esa boca nacarada fueran destellos de caníbal. Me dijo que me quería engordar porque estaba muy chupada. Me preparó unas comidas tan ricas, nunca en mi vida probé algo así, todo sanísimo porque le traían la verdura de una quinta orgánica. Él no sale porque me dijo que si salía a la calle se lo comían a él. Eran menús tan sabrosos y variados, que prisionera y todo como estaba, con el estómago cerrado por los nervios, yo terminaba lamiendo los platos, capaz que de aburrimiento nomás, de estar sola en una pieza sin televisión ni revistas para leer. Al retrato no llegué a verlo; me tuvo sentada en la silla y me contó lo que hacía con las mujeres. Las engordaba para adobarlas y se las comía, un trozo cada día. Después me encerró en la pieza y me pasaba las viandas por una ranura debajo de la puerta. Cuando yo gritaba que quería ir al baño, apagaba la luz del corredor y me llevaba de la mano, y cuando terminaba de hacer mis necesidades y tiraba la cadena, él apagaba la luz con una llave que tenía afuera, y para que llegara bien a la pieza me volvía a tomar de la mano. Yo a cada rato quería ir al baño. Esa mano me decía todo; es verdad que había que pensar que era la misma mano que no sé si estrangulaba o clavaba un cuchillo, eso nunca me contó porque nunca cayó en pormenores desagradables, nunca se propasó en la conversación. Seis comidas me dio, habré aumentado diez kilos en un solo día. Yo me fijaba bien, pero siempre era carne de pollo o de conejo, nunca otro tipo de carne, por más que debía tener la heladera llena. "Coma, coma tranquila", me decía detrás de la puerta, y me pasaba los platos, y cuando yo le devolvía esos platos vacíos me decía: "Muy bien, así me gusta", y yo quedaba chocha de que él me felicitara. Dos o tres veces me pidió que sacara la mano por la hendija, para ver si había engordado lo suficiente, pero yo tuve el recaudo de guardarme unos huesos y le mostraba una pata de pollo para que comprobara que todavía seguía flaca.

—Mamá... —la quiso interrumpir la mosquita menos linda.

—¿Y cómo pudo escaparse? —me metí.

—Y bueno, vino, abrió la puerta y me dijo: "Usted no sirve ni para hacer un caldo. Vaya que la espera un taxi, ya está pagado. Y ni se le ocurra volver porque hoy mismo me mudo...". Me tomó de la mano por última vez y me llevó por la oscuridad hasta la puerta de entrada a la casa, la abrió, me empujó afuera y se encerró de nuevo... Qué quieren, yo a ese punto estaba curada de espanto. Corrí y me trepé al taxi. Ni tuve que dar la dirección para que me trajera. El taxista me preguntó quién era ese hombre tan raro que usaba máscara, y yo le inventé que era porque se había quemado en la infancia. Cuando bajé, el taxista me dijo que esperara, que el quemado había cargado unos rollos de telas para mí. Sus pinturas. Me dio cuatro pinturas modernas, hermosas pero que no se entienden. Yo estoy feliz de haberlo conocido, pero la verdad es que mejor me quedo tranquila en mi casa, que ya bastantes problemas tenemos acá.

—Mamá, ¿qué te pasa en la mano? ¿Por qué no te sacás ese guante de cuero? Parece un guante de boxeador...

—Es la mano que él me tocó. Quiero conservar para siempre su...

—Mamá, dejame ver...

—¿Qué, a vos también te voy a tener que mostrar una pata de pollo? No, querida, al guante no me lo saco más. Nunca me voy a lavar esta mano, nunca jamás.

Golpean la puerta. La menina más fea viene y entreabre. Una voz masculina pronuncia mi nombre. Me levanto de un salto.

—¿Qué pasa? Soy yo....

—La buscan en la entrada —me informa un hombre de mediana edad, aindiado, envuelto en un poncho.

—¿A mí? ¿Quién me busca?

—Ah, qué sé yo.

Desde su diván alzó su voz la señora mamá:

—Que pase, que lo dejen pasar.

El indio se cuadró bien firme:

—No, no se puede, patrona. Usté dio la orden, ahora no venga a joder con que dejemo pasar a cualquiera.

—Deje, señora, no se preocupe, si este hombre me acompaña salgo a ver.

Me apuré en ajustarme la sandalia rota y seguir como un perrito al emponchado.

El hombre daba grandes zancadas haciendo batir sus ojotas mugrientas. En apenas cinco minutos de dar vueltas por recovecos llegamos a la puerta de entrada. En la calle, detrás de la verja custodiada por un grupo de hombres, antes de descubrirla vi en la oscuridad chisporrotear el cigarrillo que se chuponeaba de un tiro.

—¡Marta! ¿Qué anda haciendo por acá?

—¿Cómo qué hago? Usted me dijo que si no volvía a llamar hiciera algo. Llegó la noche y como no me llamó, acá estoy. Todo el día busqué por teléfono a su amigo Marzolini, y recién media hora atrás lo encontré y me dio esta dirección. Me dijo que no me preocupara, que usted era una exagerada, pero igual me vine. Su amigo había ido a su casa para cambiarse y dijo que al rato regresaría a esta residencia; quería pasar a buscarme, pero yo me tomé un taxi y vine por mi cuenta.

—Sí, las hijas de las dueñas le pidieron un ratito de privacidad...

—Ah, ya veo que sigue comunicándose mentalmente con él...

—Regresa porque quiere presentarse a la madre de esas chicas, que no sé si no va a terminar siendo la suegra.

—Sí, las dos hermanas, usted ya me habló de ellas. Me gustaría conocerlas.

—Si el señor la deja pasar y nos acompaña, con gusto yo se las presento, así puede darse una idea de con quiénes está rivalizando.

—No, ¿rivalizar por qué...? Si yo ni lo tengo visto a su amigo.

El hombre del poncho hizo señas, que la dejaran pasar. Murmurando blasfemias aceptó guiarnos hasta la pieza de las mosquitas. Mientras lo seguíamos le cuento a Marta que me había topado con uno de los perseguidores de su amiga Margarita, el jefe de los que me habían tenido raptada en aquella casa del campo. Cuando le comento que lo reconocí por la voz, me da un codazo:

—Pero si ése es el proxeneta. Margarita me dijo que el tipo

tenía voz finita y que a veces hasta daba lástima porque caía en depresiones y lloriqueaba. ¿Usted no se habrá dejado conmover, no?

—¿Cómo me va a conmover ese monstruo? Empecé a gritar para que lo detuvieran, pero las cosas no me están saliendo bien en esta casa.

—Una propiedad así, por más vieja que esté vale por el terreno y la ubicación. Su amigo Marzolini va a tener una buena dote... Y ya que estamos, dígame, ¿él prefiere a una o las quiere a las dos por igual?

—Si usted supiera lo complicada que están las cosas. Fíjese que la madre y una de las hijas están enamoradas del mismo tipo; la madre no sabe nada, pero la hija ya tiene todo bien armadito. Se encuentra con él a escondidas. Que no se le escape esto que le cuento porque es una infidencia, yo me enteré por casualidad, por unos escritos de la propia implicada. Es un pintor cotizado, pero vive escondido y ahora ella le va a preparar el reingreso a la sociedad, hasta de marchand le va a hacer. Pero siguen teniendo dos problemas; uno, que lo persiguen porque el hombre parece que es más lindo que una estrella de cine —eso dicen, que yo hasta que no lo vea no lo creo— y el otro problema es el enamoramiento de la madre, aunque le hicieron una prueba, de que el tipo le pasara adelante de las narices y ella ya no lo reconoció. Para sacarle la idea, él y la hija, la novia, atrajeron a la viejita al refugio del pintor, en Rincón, y la asustaron con la amenaza de que el hombre se la iba a comer viva. La pobre se asustó, pero igual sigue encantada. De todos modos, ya le digo, si lo ve sin careta no lo reconoce; lo atisbó una vez de lejos, de arriba de un techo, más debe ser lo que se imaginó que lo que vio... Pero, por favor, ni se le ocurra comentarlo, que yo me enteré de casualidad y no quiero problemas.

—Y la otra, la hija que queda libre, ¿qué tal se lleva con su amigo Marzolini?

—Bien, son culo y camisa, están siempre juntos. Pero usted, Marta, en vez de asombrarse por las historias que le cuento, no hace más que preocuparse por Marzolini. Me parece que usted es una de esas personas que les pasa al lado la Revolución Francesa y lo único que les interesa es el peinado por si llegan a decapitarla. ¿Me escuchó cuando le dije las veces que me raptaron en las últimas horas, que ni sé cuántas horas serán porque acá adentro se pierde la noción del tiempo? Ahora es de noche y no sé si pasé aquí un día o dos desde que usted me acompañó a mi casa... ¿Sabe cuántas veces me agarraron desde entonces?

—Lo que no entiendo es quién puede tener tanto interés en una persona como usted...

—Me confunden. Me confundieron con Margarita Flaçon...

—Usted insiste con eso pero yo no lo puedo creer. O esos tipos están locos o usted...

—Serán locos, pero es así. Después me confundieron con una de las hijas de la dueña de esta pensión...

—Ah, entonces esas chicas deben ser parecidas a usted. Yo me había figurado otra cosa... ¿Marzolini qué les vio, la dote nomás?... ¿Y por qué las persiguen a las hermanas, qué tienen que ver con Margarita?

—No tienen nada que ver con su amiga del alma. Querían saber adónde estaba la madre porque se enteraron de que la anciana había ido a buscar al pintor. Y como bien suponían, las hijas también lo sabían, aunque fingieran estar desorientadas... Lo que no puedo documentarle es si lo siguen porque es un pintor valioso o, como a Margarita, para venderlo o tirarlo a la arrebatiña...

El emponchado se frenó ante una puerta que yo no hubiera

podido reconocer. Marta revolvió en su cartera e intentó darle unas monedas.

—A mí no me sobornó el virrey Cisneros, no me sobornó el brigadier López ni Juan Manuel de Rosas, no me sobornó Sarmiento, no me sobornó Yrigoyen, no me sobornó el cacique Cafulcurá, no me sobornó Perón, no me sobornaron los otros militares, no me sobornó la patota cultural, no me sobornaron con pizza y champagne, no me sobornaron los K ni los socialistas, no va a venir ahora a sobornarme usted.

Y se alejó chancleteando.

Me apresuré a golpear y abrir la puerta, no fuera a ser que el intachable señor nos hubiera dejado en cualquier lado.

No, allá en el fondo del comedor seguía brillando el ramillete familiar: la mater innamorata en el diván y las dos estrellitas lucientes echadas a sus pies.

—Permiso, ésta es la señorita que me buscaba. Quería conocerlas a ustedes y me atreví a traerla. ¿Nos permiten?

—Pase, pase —se incorporó la soberana—. ¿Anda buscando pensión? No es el mejor momento, pero algo podemos encontrarle.

La rata correteó hasta el diván y se les echó encima para mordisquearlas. Cerré la puerta y me les fui acercando. Cuando llegué junto a ellas ya charloteaban como viejas comadres.

—A todas nos une la relación con este amigo, pero ¿pueden creer que yo todavía no lo traté personalmente?

—Si es por eso, yo tampoco— se animó la Reina Madre.

—Por teléfono parece una buena persona. Ustedes que lo han frecuentado, ¿qué me dicen?

—Un amigo como no hay otro. Usted lo llama a cualquier hora, le pide el favor que sea, y él está siempre disponible —baboseó Flor.

—Y a usted, ¿también le cae bien? —la rata clavó los ojitos rojos en Rita.

—Sí, gaucho el hombre. Pero tiene su personalidad, se lo aseguro. Tiene sus gustos y de ahí no lo saca. Por suerte está muy aficionado a nosotras. Quiere venirse a vivir a la pensión, yo le digo que no se apresure, que lo piense bien, pero él ya quiere vender todo para instalarse cuanto antes en un departamento que quedó libre en el último patio.

No me pude aguantar:

—No se lo tome tan en serio, señorita. Son caprichos que enseguida se le pasan. Cuando recién nos conocimos también se quiso mudar al lado de mi departamento, va a ver que enseguida se olvida. La casa de él es muy cómoda, muy tranquila, ¿la conocen, ustedes?

No llegan a contestarme. Golpean a la puerta y las dos hermanas se levantan para atender.

De nuevo resuena mi nombre. Ahí está, el emponchado, que me señala con el mentón:

—A usted, otra vez la buscan.

La Reina Madre se incorporó, tirana:

—Bueno, ahora basta. Levantan el toque de queda y se acabó. Ya las cosas están mejor, no podemos tener una pensión cerrada al mundo. Que alguien se quede a hacer guardia y nada más. Entrada libre, ¿entendió?

El aborigen se encocoró:

—Entonce vaya usté, señora, yo no me hago cargo. Acá usté suelta el hilo y se le escapa otra vez la cometa.

Dio media vuelta y salió, enojado. Yo pensé: "Chau, aprovecho que este hombre me guía hasta la salida y me escapo. Ni saludo, estoy cansada y es hora de terminarla". Giré como para echar una mirada fuera de la puerta, disimuladamente resbalé hacia afuera y me largué otra vez detrás de las ojotas embarradas y del poncho revoltoso.

Caminamos un buen rato. El indí se da vuelta y me descubre.

—¿Y usté qué quiere, para qué me sigue?

—Dijo que alguien me buscaba. Voy a ver quién es.

—Ah, no, olvídese. Yo me ando para mi pieza; después de mí, el diluvio.

Forcejeó con una cerradura, se metió en un cuarto y me cerró la puerta en la cara.

Tranquila, tranquila, me dije al descubrir que estaba otra vez perdida. Golpeé repetidamente a la puerta del emponchado y no me atendió. Le grité que lo único que quería era saber cómo llegar a la calle, o por lo menos, cómo regresar al dormitorio de las hijas de la dueña. Nada. El hombre había tomado una guitarra, la templaba y arremetía haciendo gemir a la prima y llorar a la bordona.

Oí voces hacia el fondo de un corredor a la derecha, y hacia allí dirigí mis pasos. Cuando entendí que las voces eran más bien estertores y los rumores golpes ya era demasiado tarde. Un grupo que se peleaba a los puños avanzaba hacia mí girando como un ciclón.

La violencia y rapidez de los movimientos no me permitió individualizar en el momento a los contendientes. Las contendientes, mejor dicho. Habían cambiado de atavíos: las aguerridas muchachas que me habían estado esperando en mi departamento ahora se peleaban entre ellas, todas contra todas, y no se trataba de una diversión, a juzgar por los mechones de cabellos, los chorros de sangre y los dientes que volaban. El tornado avanzó y me tragó en su vórtice. Y yo me encontré en medio del maelstrom.

No voy a entrar en detalles; lo que importa es que por el mismo efecto de succión fui expulsada, con un bretel roto, un tajo en la pollera y sin la chinela que ya andaba medio suelta.

Aproveché el impulso con que fui despedida del grupo para largarme a correr lejos de esas locas.

Me frené recién al llegar a un pequeño patio interior. Caí junto a un cantero, desolada, creo que gimiendo. Y me dormí, o me desmayé, no sé.

Me despertó una sensación de ahogo. Abro los ojos a una vaharada de humo. Me han tirado a las tinieblas pestilentes de un pantano. A una cámara de gas.

Me están zamarreando y un vozarrón con tonito de dictador me cuestiona:

—¿Qué hace acá? La señora y las hijas se preguntaban...

Contesto, indignada:

—Y usted, ¿qué hace acá?

Se asombra de que la enfrente y se apechuga:

—Nada, salí al patio, para fumar. Adentro no se puede.

Pega una pitada y se reanima:

—Salí a fumar por los nervios. La señora anciana, usted vio que estaba tan bien, de golpe le dio un ataque, para mí que es un ACV. Están esperando a los médicos y a la ambulancia. Dijo algo y le dio el ataque... ¿Y sabe lo que dijo la señora antes del soponcio? Estaba tirada en el sillón exhausta después de haber correteado detrás del pintor, me había empezado a contar cómo el tipo se la quería comer y todo lo demás y discutía con las hijas que la querían desvestir, se resistía porque con esos ropajes la había visto y retratado el pintor, no se quería tampoco sacar un guante porque a esa mano se la había tocado el pintor... Y ahí estaba, contenta de que se había salvado de ser devorada, y de golpe pega un grito y brinca como una marioneta, salta de pie, alza los brazos y queda ahí extasiada, mirando hacia la puerta por la que estaba entrando alguien que usted conoce... Adivine...

—Margarita Flaçon...

—¿Quién? Usted delira peor que la señora. Pero si Margarita ya está en el otro extremo del mundo. No, era un hombre... Un hombre muy bien puesto...

—No sé, la verdad...

—Su amigo Marzolini. El pobre también quedó paralizado por el grito y el salto de samurái que dio la anciana. Y ahí permanecieron, como en un aura de fuego que los arrebataba, o como una ola de llamaradas que iban de la señora a su amigo y en él rebotaban y volvían a entrar de nuevo en ella. Y entonces fue cuando habló la señora. Dijo una frase y después le dio el ataque, yo no creo que tenga retorno, esa mujer.

—Bueno, ¿y qué dijo?

—Ay, Dios mío, la dejo porque Marzolini me vio dispuesta a salir y me susurró que no me vaya, que quería hablar conmigo.

—¿Los presentaron? ¿Él sabe que usted es Marta?

—Supongo que se dio cuenta, como yo me di cuenta de que él es Marzolini. Hay personas que no necesitan ser presentadas porque ya se conocen y se buscan desde reencarnaciones anteriores... Bueno, la dejo, usted querrá seguir descansando.

Ahí me acobardé:

—No, espéreme, voy con usted. Mire si seré desgraciada, hasta perdí una sandalia.

Me mató seguir a los trompicones a esa rata ansiosa por reunirse con el puercoespín. Atravesamos un pasaje subterráneo, pasamos un vestíbulo y de golpe llegamos a la pieza de las mosquitas. Se ve que hasta el mapa de la casa se traía de las vidas pasadas, o quizás fuera el infalible olfato sexópata que tienen los roedores, que así los matan, atrayéndolos hacia el veneno del triguillo sopado en jugo de pudendos.

Llegamos. Golpea apenas con los nudillos y entra sin esperar.

Ahora hay un nutrido grupo alrededor del diván, cinco o seis mujeres y también varios hombres, aparte de las dos hijas. Marta corre hacia Marzolini y él hacia ella. Quedé detenida, acogotada en la puerta, con la boca abierta.

Se acercan uno al otro; al pasar a mi lado él apenas farfulla un ¿qué tal? sin mirarme.

Había tenido tiempo de emperifollarse: traje gaucho dominguero, chaleco y bombachas negras bordadas con rosetones multicolores, camisa a cuadritos, pañuelo al cuello, alpargatas blancas y boina roja tejida al crochet.

—Cosa de no creer. Yo la imaginaba distinta pero ahora me doy cuenta de que así tenía que ser —llego a escuchar que le chamuya a la bubónica.

—Déjeme fumar un cigarrillo y le cuento cómo me lo imaginaba yo a usted... Por acá hay un patio, vamos —lo arrastra ella.

Salen del bracete al pasillo y se van, como dos figuras que se alejan al final de la película, perdiéndose en un sendero que sube hacia una colina, proa al sol.

Me acerco al grupo que rodea a la reina agonizante. Las hijas están aferradas cada una a una de las manos fláccidas de la señora. Los testamentos traicionados: ya le sacaron el guante.

Llega un médico. Nos pide que salgamos, que dejemos respirar a la paciente.

Flor se me cuelga del brazo, lagrimea.

—Espero que sea cansancio, nomás. En estos días anduvo sin parar. Estábamos ahí, charlando con su amiga Marta, y de golpe saltó como un resorte, dijo algo y cayó redonda.

—¿Cuando lo vio a Marzolini?

—Sí, miraba para la puerta. Justo entraba él. Y ahí se desmayó.

—¿Y qué es lo que dijo?

—Vení Flor, el médico nos quiere hablar —se la llevó Rita.

Me quedé junto con los vecinos en el pasillo, frente a la puerta cerrada. Las señoras proponían acciones y manifestaciones: cadenas de oración; llamar al servicio sacerdotal de urgencia; traer velas, flores, fotos de la patrona y convocar a la prensa.

Una de las vecinas me codeó:

—Para mí no es nada. Puro teatro. Yo soy íntima de Porota y la conozco como nadie. Recién, aprovechando que el médico nos echaba, me miró y me guiñó un ojo. Ella tiene muchas reacciones nerviosas, se sulfura y yo la entiendo porque soy igual. Estaba reposando un poco después del ajetreo que tuvo con el problema de ese malón que nos invadió, y de repente saltó como una rana y expresó un pensamiento, o a lo mejor tuvo una visión.

—¿Qué es lo que dijo? —la apreté.

—Resulta que vio entrar a ese hombre disfrazado de gaucho que andaba recién por acá, no sé adónde habrá ido ahora.

—Se fue a fumar. ¿Qué es lo que dijo, la patrona?

—No me acuerdo... Sí. Dijo así: ¿Pero cuántos ángeles andan dando vuelta por aquí?

—¿Ángeles? Yo lo conozco bien a ese hombre y no es ningún ángel.

—No sé, Porota dijo así y por algo lo habrá dicho, porque es muy intuitiva. Ya me había hablado de otro muchacho que es un querubín.

—¿El que es pintor?

—M'hijita, a usted no se le escapa una, ¿eh?

—No, a ése no lo conozco y no le voy a discutir que pueda ser un ángel, pero al que está disfrazado de gaucho no le crea nada, es Luzbel.

—Bueno, dígaselo a él mismo en la cara, ahí viene, mire.

Ahí venían, la rata y el ratón. Me les fui al humo.

—Haceme un favor —le reclamé al gaucho—. Acompañame a tu casa, quiero buscar la bicicleta.

—¿Qué? —Me miró como si una cucaracha osara pedirle matrimonio—. No, ahora no puedo.

—En serio te lo pido. Me pasó de todo y quiero irme a descansar.

—Bueno, llamá a un taxi y andá a tu casa. Con Marta justo veníamos a despedirnos de ustedes, queríamos ir a tomar algo al lado del patio central, dicen que preparan el mejor café de la ciudad.

—Usted lo espera, ¿no es cierto, Marta? Puede acompañarme y después regresa.

—No sé, la verdad que ya es tarde... —carraspeó la rata. Ni la miré para no vomitar.

—Dale, necesito la bicicleta. Me abrís el garage y te volvés a tomar el mejor café de la ciudad, ¿cuánto podés demorar?

—Mejor te doy la llave del garaje. Yo puedo entrar por la otra puerta, la llave me la devolvés cuando te venga bien.

Me planté, firme:

—No. Sola no voy a ir. Me quedó el trauma, ¿no entendés que me raptaron en la puerta de tu casa?

—Bueno, ustedes arreglen. Yo voy a ver cómo se encuentra la señora —dijo la rata inmunda, supongo que para hacerle ver al enano que era una persona considerada y que no quería entrometerse en su vida, que ella siempre le respetaría su privacidad y lo dejaría libre para llevar la vida que se le antojase sin hacerle escenas ni berrinches de esposa castradora. Y de prepo abrió la puerta y se metió en la pieza donde quizá ya le estaban haciendo la autopsia a la matrona.

Para qué, apenas se vio libre de la necesidad de fingir señorío y tranquilidad, el gaucho insufrible se dejó arrebatar por la histeria:

—¿Qué te hacés la caprichosa, ahora? Yo no puedo acompañarte en este momento, ¿cómo te lo tengo que decir?

Y para qué, yo perdí la noción del tiempo y del espacio. No sé qué dije ni hice. Me dejé arrebatar y se me hizo una laguna.

Cuando recupero la memoria me veo aplastada contra la pared, afónica de gritar, y Flor que me palmea, me acaricia la cabeza y me repite "so, so", como si quisiera calmar a un caballo.

Después se vuelve al gentío que se ha reunido en el corredor, no sé si para hacer vigilia por la patrona o convocado por mi epilepsia:

—Ahora nos vamos todos a dormir. A esta señorita ya se le pasó el ataque y el doctor dice que lo de mamá es estrés y nada más, y que necesita tranquilidad. Para todos éste ha sido un día muy agitado, así que buenas noches.

El enano me mira con odio:

—Vamos a mi casa, te acompaño. Así te quedás contenta.

Me arreglo un poquito la ropa. Flor se percata de que ando descalza, porque en el rapto de furia perdí la otra sandalia, y va a buscarme unas chinelas. No sé cómo agradecerle, le juro que mañana mismo se las devuelvo. Entre tanto, el enano aprovecha para picotear la oreja de la rata. Ella, adivino, se niega a acompañarnos, y finalmente él la convence de que lo espere allí mismo. Se saludan con una sonrisa más libidinosa que una cópula. Él se me acerca y cabecea en mi dirección, indicando que lo siga. Saludo a Flor con un beso y ahí me acuerdo de algo muy importante.

—Un segundo, ya vengo —aviso al ratón. Me meto en la pieza de las mosquitas, sin siquiera llamar antes a la puerta. Apenas de refilón veo a Rita ajetreándose alrededor de la madre. Ni le respondo al gesto que me hizo de guardar silencio. La Abeja Reina estaba chocha, incorporada sobre cojines, con los ojos abiertos como una lechuza, y me miraba, curiosa.

Derechito fui hacia el fondo del salón, a la pared de la que cuelga un lindo cuadro con un paisaje serrano, metí mano y saqué de atrás los papeles cubiertos de mis letritas minúsculas. Me volví y enfilé derecho para la puerta. La mosquita y la mamá me observaban boquiabiertas.

Y ahí, mientras abría la riñonera para guardar los papeles, veo el sobre: "Para Rita". Ni me acordaba de haberlo conservado. De manera que a punto de salir, me volví y llamé con un gesto a la mosquita arcangélica. Cuando llegó a mi lado le dije, cuidando de que no me oyera la mamá y se armara un escándalo:

—Esto es para usted. Llegó cuando su hermana me encerró en esta pieza y me lo guardé sin querer.

La boca de la bobita se abrió más todavía. Estuve a punto de clavarle alguna espinita, tipo: "Ahora que el pintor se va a sacar la careta, a ver si me lo presenta a mí también". Pero decidí pegar media vuelta y apenas levantar la manita con mis papeles rescatados. Un saludito hacia madre e hija que quería decir: "Chau señoras, si las he visto no me acuerdo".

Salí al corredor. Los vecinos se habían desperdigado. Flor hablaba con el médico; la rata con el ratón.

—Ahora sí, por favor, ¿podemos irnos? —requerí, con la cabeza erguida. Levanté la mano para despedirme de Flor mientras relojeaba cómo los gusanos lujuriosos se despedían con un hasta luego que era una promesa de fidelidad eterna. Y él salió disparado, sin siquiera fijarse si yo estaba pronta a seguirlo.

A trancos de gigante iba, y yo detrás, corriendo con los pasitos arrastrados a los que me obligaban las chinelas grandes y deformadas de Flor. Se ve que yo tengo los pies más delicados, de geisha.

Llegamos a la puerta de entrada.

Junto a la verja sigue reunida la patota de guardianes. Salimos a la calle.

Y ahí, sentado en el cordón de la vereda: Lorenzo.

Me ve y salta para abrazarme. Se desvive en preguntas y explicaciones, que cómo estoy, que no lo dejaban entrar, que hace horas espera que regrese un guardia que fue a buscarme.

El ratón, ahí, paralizado.

Los presento. Se dan la mano, los dos con caras de perro.

Enseguida el que te dije se dulcifica:

—¿El señor te va a acompañar a buscar la bicicleta?

Miré a Lorenzo:

—No sé si puede.

—Sí, con mucho gusto —dijo el caballero.

—Entonces te doy la llave. Les doy la llave del garaje, ahí está la bici, y de ahí pueden entrar en la casa. Por favor, pónganse cómodos si quieren descansar y prepararse algo para tomar o comer.

Asqueroso. Sí, sí, muchas gracias. Andá, angelito, volá nomás que impacientes te esperan la trampera con el triguillo sopado en estrógenos y progesterona.

Le arrebaté la llave, me colgué del brazo de Lorenzo y le di vuelta la cara.

Y bueno, eso es lo que me faltaba contar. Ahora hay que empezar a vivir. ¡Adiós, salvajes! ¡Adiós, viajes!

APÉNDICE

**Los recuperados
"Mis papeles, 4"**

Escribo este codicilo tres meses después de aquel amanecer en que comenzó este renacimiento en el que debo decir que me voy encontrando bastante bien, por más que la vida siempre tenga sus bemoles, y que al parecer yo esté hecha para ir a buscar los problemas —en todo caso, si a alguien le interesa, le puedo seguir contando—. Creía haberlos perdido a estos papeles que escribí en casa de Marzolini, cuando Lorenzo me acompañó a buscar la bici. Esa noche ahí pasó lo que pasó y al final me olvidé de recogerlos y llevármelos. Al otro día me acordé y llamé por teléfono a Marzolini. Revisó toda la casa y no encontró nada; malhumorado me endilgó que debí haberlos perdido en otro lado. Y así quedó la cosa hasta hoy. (Entretanto había sucedido que semanas más tarde Marta nos llevó a Lorenzo y a mí para recuperar los primeros escritos; dejamos la camioneta cerca de la ruta y caminamos hasta la casa donde me habían encerrado los secuaces del Loco por la Flaçon. Marta se acercó y llamó a la puerta. Nada, nadie. Con Lorenzo trepamos por una ventana rota. En la última pieza, detrás del viejo almanaque con la mujer desnuda lamiendo el capó de una 4 x 4 me esperaban mis primeros papeles). Bueno, y hoy me llama el enano maldito para decirme que había llevado a restaurar el sofá cama (al parecer la ratita Marta debe ser mucho más pesada que yo) y el tapicero le había dado un bollo de papeles que se había infiltrado por debajo de los almohadones, entre los resortes, como impelido por algún ejercicio singular. Había reconocido mi letra en esos papeles, dijo.

Me fui corriendo a su casa para buscarlos. Le pregunté si los había leído. "Por supuesto que no, ¿quién te creés que soy?", protestó. Pero me parece que sí los había leído porque lo noté particularmente esquivo. Bueno, por lo menos tuvo la lealtad de devolvérmelos. Y, como nobleza obliga, los transcribo a continuación, aprovechando para agitarlos en saludo como pañuelos.

Quién diría. Escribo en el sofá cama de Marzolini. Pero quien se mueve en la cocina preparando el mate es Lorenzo, y como no conoce la casa va a demorar tres horas buscando las cosas en las alacenas. Ya quedamos en que esta noche iré a cenar a su departamento, pero le pedí que ahora me dejara tranquilizar un poco escribiendo cómo me escapé del Estudio 18 Brumario.

Bueno, estoy encerrada en el 18 Brumario y ya me cansé de gritar y patear la puerta. Tuve que resignarme a la inutilidad de intentar que alguien me oyera más allá de esas paredes recubiertas con placas llenas de agujeros que aislaban acústicamente a esa pieza del resto de la mansión.

Busqué consuelo escribiendo mis últimas desventuras y suplicando auxilio e incrusté los papeles por las ranuras de la puerta, esperando que alguien afuera los recogiera y me socorriese. Recorrí, frenética, el estudio, abrí cajones y toqué cuanto botón o teclado se me ofrecía.

Encontré un teléfono celular, pero estaba descargado. Llegué a encender una computadora pero no logré conectarme con internet y pedir ayuda.

Por hacer algo probaba al azar algunos de los discos desparramados en los escritorios.

Se encienden unas imágenes. No sé qué es lo que se mueve,

algo que entra y sale, entra y sale, hasta que entiendo que se trata de los afanosos esfuerzos de unos órganos sexuales.

Cambio CD y aparece una chonga cantando una canción de protesta.

Cambio CD y aparece un escritor a quien reconozco porque fue al único que me hicieron leer en los dos años que frecuenté la Facultad de Letras. El tipo seguía repitiendo: "La letra de escribir(se) en texto, es decir como pura alusión. La alusión, que funda la lógica de la elisión, es el régimen del sexo escritural…".

Cambio CD y aparecen unas pinturas y sus cotizaciones. Una de las pinturas es el retrato de Rita. Las sumas son muy altas, en dólares.

Cambio CD y aparece una mujer desnuda que se baña en la ducha, una mujer con un cuerpo escultural. Se lava la cabeza, se enjabona, sin exhibicionismo, como si ignorase que la están filmando. Se me enchufa la idea de que esta higiénica muchacha debe ser Margarita Flaçon y me la quedo mirando un buen rato, esperando que se dé vuelta y muestre la cara, pero ella insiste en darme la espalda y corto.

Cambio CD y aparece una casa, el frente de una casa, una toma fija. No pasa nada.

Cambio CD y aparece el que te dije.

En la pantalla se ve el detalle de una mano que accionó la filmadora y el dueño de esa mano se aleja. Y el dueño de la mano es Marzolini. Viste una capa negra amplísima que cuando gesticula se extiende como alas de vampiro. Dice: "Prueba, prueba, ¿me veo bien, se me escucha bien? Un dos tres…". Vuelve a acercarse y la mano tapa la lente. Enseguida otra vez la mano y Marzolini se planta delante, de cuerpo entero y empieza a decir que ésta es una grabación en la cual se propone divulgar una historia aleccionadora que quizás pueda servir a los demás como le sirvió a él mismo, pero ahí se acuerda y dice que antes va a cerrar la puerta porque no quiere que nadie lo interrumpa mientras se graba a sí mismo. Explica que contrató este estudio por media hora para uso exclusivo y le recomendaron encerrarse porque pueden introducirse extraños. Masculla todo esto mientras lo vemos buscar una llave sobre una mesa e ir a cerrar la puerta, a la derecha, la misma puerta que yo acababa de golpear inútilmente y por la cual, inútilmente también —como descubriré más tarde—, había tratado de enfilar por sus ranuras unos papeles pidiendo auxilio. Cierra la puerta y vuelve al lugar donde se ve que tenía marcado que debía plantarse para aparecer de cuerpo entero. Se arregla la ropa y el pelo, pasándose la llave de una mano a la otra, y empieza a hablar y a hablar, pero la verdad es que yo no estoy tirada precisamente en su sofá cama ni con el mejor estado de ánimo para atender a sus mohines.

Más o menos lo que recuerdo es que empezaba presentándose con nombre y apellido, rezando unos mantras y declamando unos consejos espirituales. No sé qué decía acerca de que, como todos los chicos de su clase social, como todos los chicos de barrio, se había criado con los modelos de belleza de las modelos top, las conejitas de Play-boy y las musculosas deportistas. Perdonen la franqueza, decía mirando vacuno a cámara, pero las primeras buscadas excitaciones fueron con esas mujeres y se empezó a formar un compendio, un collage de mujer, una inalcanzable frankestein de ideal femenino que se me hubiera instalado para toda la vida si no hubiera tenido que sufrir la crisis que llegó más tarde. Una crisis, decía, que agradecía a Dios.

Y no sé, empezó a bolacear sobre la belleza como maldición,

sobre la belleza que pervierte a su poseedor, sobre los dechados impuestos que nos impiden reconocer la perfección, sobre la belleza que puede ser una enfermedad, la belleza de pobre gente destinada a reconocerse solo en el deseo de los otros y a medir el propio deseo con los parámetros impuestos, etcétera etcétera.

Y después empezaba a machacar con esa historia que repite siempre, de cuando era adolescente y no podía comunicarse con nadie porque el mundo le parecía poblado de fantasmas. De vez en cuando le parecía atisbar una cara o una silueta en la muchedumbre y entonces escribía una carta para esa cara o silueta, esperando volver a encontrarla. Cartas que después terminaba tirando en cualquier banco de plaza o asiento de colectivo, pidiendo una cita a quien la leyera, una cita imposible ya que no se especificaba ni lugar ni hora ni día ni remitente. Había en aquel tiempo abandonado todo, estudios y familia, y vivía en la calle como un linyera.

Un día se encontró en el cementerio delante del panteón de una difunta que tiene fama de milagrera. Al panteón, viejo y destartalado, le habían puesto unas rejas para impedir el ingreso de los devotos, pero a través de los barrotes la gente tiraba muletas, vestidos de novia, zapatitos de bebé, todo tipo de exvotos y miles de papelitos con pedidos de gracia.

Al adolescente turulato la cosa lo inspiró y empezó a escribir cartitas para los muertos. La primera fue la que escribió y tiró como un bollito en el panteón de la propia difuntita santa, y ahí en la filmación Marzolini contó con lujo de detalles, no sé si reales o inventados, la historia de esa difuntita, relacionada con los avatares políticos del siglo XIX, como muchas de nuestras creencias populares. Se trataba de una muchachita de familia unitaria, luminosa y ensimismada, que desde su infancia había padecido el acoso de los hombres. La hagiografía popular refiere que bastaba verla para caer en recogimiento ante su hermosura, o, como sucedía con los espíritus feroces, para caer en el deseo de poseerla, devorarla, mancillarla, arrastrarla a nuestra carnalidad. Contó un episodio que debe haber inventado él porque hablaba de una costumbre hebraica o bíblica que acá no se practicaba, y menos con las mujeres; que cuando la chica llega a su uso de razón es llevada para presentarla en el templo. La llevan y varios sacerdotes la interrogan. La niña responde con una segura sabiduría que los curas interpretan como soberbia. Aconsejan a los padres que la internen en un riguroso colegio de pupilas, lo que terminará atentando contra los deseos de soledad y reclusión de la niña. Finalmente, en la adolescencia, mientras la doncella está de vacaciones en su hogar, una trifulca entre caudillos hace caer en desgracia a la familia. Asaltan la estancia y la muchacha es tomada prisionera. Uno de los jefes se encapricha con ella, y cuando intenta violarla, la chica, quién sabe si debido a su resistencia o a su pasividad, exacerba al monstruo, que la acuchilla como ciento cincuenta años más tarde acuchillaría a María Goretti su asesino.

La carta que Marzolini echó en el panteón-santuario decía (y el enano repitió que si la recordaba tan bien es porque después supo aprenderla de memoria, y ahí me puse alerta y yo misma puedo ahora reproducirla con cierta fidelidad):

"Estoy muy mal, niña, santa, madrecita virgen, estoy solo en el mundo, invisible para todos, un fantasma. ¿Quién podría comprenderme mejor? No conseguiste lo que querías, aunque fuera lo opuesto de lo que yo quiero, aunque lo que hubieses querido era estar sola en la contemplación del mundo y te acosaran hasta matarte, y más todavía, ahora, después de la muerte, a juzgar por la multitud que rodea tus restos, y te llama, y te reclama. Y yo también, Niña Santa, yo, el incrédulo, recurro a tu espíritu, en quien no creo, para pedirte que aunque sea una vez pueda tocar hasta el fondo otro ser, no importa con qué resultado, con qué desilusión...".

Ahí Marzolini decía: "Permítanme una pausa". Se volvía hasta una mesa, accionaba un equipo e irrumpía el bolero "Volví la espalda" en la versión rítmica de Alci Costa que me hizo escuchar y bailar mil veces. Y el egocéntrico se ponía a bailarla, tengo que admitir que bien, aunque yo no estaba precisamente en el momento más adecuado para disfrutar y aplaudir sus cadereos. Se veía que había ensayado, porque bailaba con saltitos y volteretas mucho más diestras que las que exhibe cuando me baila frente a este mismo sofá cama en el cual estoy escribiendo. No quiero entrar en particulares porque me pongo nerviosa y yo lo que necesito ahora es tranquilizarme. Lorenzo me ceba mate y mira el libro con fotos de Ansel Adams que una vez le regalé al dueño de casa y que ahora entiendo que no era quien se lo merecía.

Termina la canción y Marzolini en la filmación apaga el equipo de música, vuelve a su lugar, retoma la charla, y yo ahí encerrada en el 18 Brumario lo sigo escuchando como si no tuviera otra cosa que hacer. Habla con un tonito de hipnotizador y mechando de vez en cuando sentencias de manual de autosuperación, tipo: "Esto es para ti, que desesperas, y con esa desesperación arruinas tu vida". Si lo hubiera tenido ahí delante juro que en más de un momento le habría bañado la cara con un escupitajo. Gesticulaba con los bracitos para que se desplegaran las alas de su capa. En ese ajetreo se le cayó la llave que tenía en la mano y se vio obligado a ponerse en cuatro patas para buscarla.

Después vuelve a contar esa historia que a mí me tiene podrida, la del encuentro con esa mujer que no existía para nadie y que nació en los amores con él, apenas con el leve impedimento de que la mujer ya estaba casada y mantenía un hogar con un marido inútil, dos hijos y una suegra.

Y dale con la historieta: "Lo que importa de este asunto es aquella única persona que como dije guardo en el corazón. Ada Silesti era una señora inexistente. Solo yo, que como dije sufría la ausencia de humanos, pude acusar la aparición de algo debajo de su flequillo, entre sus zapatos y el borde de sus polleras, entre sus uñas y las mangas de su gabán.

"Ahora, llegados a este punto, me doy cuenta de que los pequeños detalles en nuestra relación fueron los grandes secretos que no puedo revelar. Discreción obliga; baste decir que para esa mujer yo pasé a representar todas sus ilusiones. Literalmente, yo fui la causa o la excusa para que naciera. Como sorprende ver la energía con que se aferra a la vida un minusválido a quien le falta toda motricidad, ciego, sordo, descerebrado, como se sorprendería a sí mismo de verse pugnando por vivir, así ella se descubrió naciendo con un esposo, dos hijos, un trabajo esclavizador con el que mantenía a toda esa familia, incluyendo la suegra. Estaba atada por todos lados, pero nació cuando eligió atarse a mí.

"Me asustó su pasión desmedida. Me asusté de mis búsquedas y de mis caprichos. Como quien dice, me curé de espanto. Me escapé de esta señora y puse mi cabeza en su lugar.

"Fue fácil abandonarla, dado el anonimato que habíamos pactado. Ada Silesti era el nombre que yo le había inventado, como Manuel Fabatía era el que ella me había elegido. Las tibias confesiones que habíamos cruzado no resultaban suficientes para individualizarnos en la ciudad populosa. Dejar de concurrir a una cita fue suficiente para desencontrarnos para siempre".

Así que —sigue con la matraca Marzolini en la grabación— sienta cabeza, se va a vivir con una hermana, empieza a trabajar, y bueno, un día deja de ir a la cita con la neonata y, aunque él cae alguna vez en la tentación de buscarla, ya no logran encontrarse nunca más.

Ahí larga otra sentencia: "Acuérdate que alguna vez alguien te quiso sin concesiones, que alguna vez adivinaste que alguien te hubiera querido aunque no fueras como eres, te hubiera querido aunque fueses un monstruo. Recuerda, en tu desesperación recuerda que alguien te quiso no solo por tus atributos y tus méritos".

Y entonces el enano, con su entonación más meliflua cuenta que muchos años después del encuentro con la neonata, cuando muere su madre —la madre de Marzolini, digo— tiene un problema de depresión, deja el trabajo y vuelve a caer en un pozo sin fin.

Cae y cae (yo no lo conocía en ese tiempo, pero sé que la pasó realmente mal) y en medio de esa caída un día encuentra en su botiquín un estuche de gamuza con un frasco de perfume. Recuerda: un perfume que le había regalado la neonata en el último encuentro que tuvieron.

Abre el estuche; el frasco está vacío, quizás el perfume se ha evaporado a lo largo de todos esos años. Cuando intenta reponer el frasco en el estuche encuentra algo que se lo impide.

Un papel.

Un bollito de papel.

Marzolini en la filmación mete mano entre las alas de la capa y saca el estuche, y del estuche el frasco de perfume, y después escarba y saca un papel apretujado.

Despliega el papel torpemente, ocupadas como tiene las manos con la bolsita de gamuza, el frasco y la llave. Lee: "Estoy muy mal, niña, santa, madrecita virgen, estoy solo en el mundo, invisible para todos, un fantasma. ¿Quién podría comprenderme mejor? No conseguiste lo que querías, aunque fuera lo opuesto de lo que yo quiero...". En suma, la carta que había escrito, comprimido y tirado tras las rejas en el panteón de la difuntita santa. Alza la vista, seductor y zarandea los hombros: "Eso es todo", dice.

Y termina: "Y así como he sentido la necesidad de contar esta historia sabiendo que puede servirle a alguien en similares condiciones de crisis y perdición, así ahora devolveré a la nada estos objetos que se han vuelto casi mágicos para mí". Y entonces mira a su alrededor y en otro rapto de inspiración vuelve a hacer un bollo del papelito, lo encierra junto con el perfumero en la bolsita, camina hasta la pared de la izquierda e irguiéndose mete medio brazo en uno de los agujeros del grueso revestimiento que cubre paredes, techo y aberturas con el fin de insonorizar el lugar. Y cuando saca el brazo ya no tiene el estuche.

Vuelve a su lugar, se inclina y saluda como una *écuyère* haciendo revolotear la capa, después se vuelve y trota hacia un escritorio, levanta una botella de agua y bebe, ávido. Reprime un eructo y murmura algo así como "Ya está, cumpliste". Se arranca con fastidio la capa negra, que le debe pesar veinte kilos. Mira el reloj: "Pasaste la media hora. Te van a querer cobrar una hora". Va hasta la puerta, busca en los bolsillos, vuelve a la silla donde tiró la capa, rebusca, sale de cuadro, vuelve a aparecer mirando el piso, busca en los escritorios, así durante diez minutos, hasta que se convence. Va hasta la puerta, forcejea, patea, grita: "¡Abran!", como he gritado yo misma un rato antes.

Y otra vez como loco a buscar la llave; revisa en los cajones de los escritorios, se echa al piso y se interna debajo de los muebles, sacude la capa...

De repente se abre la puerta, entra un tipo, un gigante con una melena descomunal, de bucles mugrientos que se abren y caen como serpientes. Tengo un sobresalto; estoy segura de que son las rastas de fibras de acero que me dejaron en la cara el sarpullido que me sigue ardiendo ahora que escribo. Marzolini casi se le tira a los pies: "No podía salir. Perdí la llave. Hace media hora que terminé de grabar y que estoy acá gritando que me abran". El tipo le dice que se podía morir gritando que nadie lo iba a escuchar, y mirando a la cámara: "Pero esa filmadora sigue funcionando". "Oh", se agarra la cabeza Marzolini, se acerca hasta tapar la lente.

Fin.

Me quedé en trance unos minutos.

Unos tres o cuatro minutos.

Salté como un resorte y corrí hacia la pared que enfrentaba la puerta.

Me trepé a una silla para buscar mejor (el enano se había parado en punta de pies para esconder el tesoro) y empecé a meter la mano en uno y otro de los agujeros de las placas de insonorización. Podía introducir hasta el antebrazo en esas placas, pero tocaba solo polvo y pelusas. Estaba por decidirme a volver a la grabación y estudiar bien en cuál de esos tantos agujeros había metido la mano Marzolini cuando toqué un bulto suave y tibio.

La bolsita de gamuza.

Separé los lazos que la cerraban y surgieron el perfumero y el bollito de papel.

Y una llave.

Me tiro de la silla y corro a la puerta. Introduzco la llave y la cerradura obedece plácidamente.

Del marco de la puerta cae el papel aplastado en el que describía mi situación y pedía socorro, y que ya he transcripto en "Mis papeles, 3". Lo manoteo, me lo sujeto en el elástico de la bombacha y me precipito por el pasillo hasta la luz de un vestíbulo, donde freno mirándome las manos con el tesoro.

¿No tenía que devolver ese estuche a su agujero en la pared? Desplegué el bollo de papel amarillento y cuarteado. Empecé a leer, en la letra aplicada, casi infantil de Marzolini: "Estoy muy mal, niña, santa, madrecita virgen, estoy solo en el mundo, invisible para todos, un fantasma...", pero enseguida me atrajo, debajo, un agregado con letra distinta y con una tinta fuerte, no desleída como la otra: "Gracias, Niña Santa. Aquí devuelvo a su lugar estos objetos santos. Gracias, San Marzolini por salvarme, con su película, sus palabras, su baile y su llave. Haré lo posible por buscarlo y agradecerle personalmente apenas me vea otra vez en el mundo. Gracias por liberarme no solo del cautiverio en este lugar sino también de la prisión espiritual en la que me debatía". Y la firma: "Margarita Flaçon".

Mirá vos.

Yo estaba desesperaba por huir, pero no podía ser menos. No podía llevarme ese estuche y no podía tampoco devolverlo sin agregar antes mi gratitud.

Me tiré en un rincón. Costaba escribir en ese papel ajado y pringoso. Escribí que daba mis gracias a la Niña Santa y también al señor Marzolini, a pesar de que yo estaba sufriendo lo que estaba sufriendo por culpa de él. Y escribí mi nombre con una firma que medio no se entendía porque quién sabe si ese papel no traía cola. Como una bala regresé al estudio 18 Brumario, arranqué la llave que había dejado en la cerradura, me monté en la silla y tiré la bolsita de gamuza con el perfume, el bollito de papel y la llave en su escondrijo en la pared.

Y bueno, empecé a correr como una loca hasta llegar a unos pasillos que empiezan a poblarse de gente. Trato de evitarlos y más me veo acorralada.

Desesperada pregunto el camino de salida a una viejita que bordaba a mano sobre un bastidor sentada junto a la puerta de su pieza y me dice que siga derecho. No puedo, le digo, esa gente es peligrosa. Me dice que no, que es gente buena y tranquila, que la esperanza es una virtud teologal. Así que sigo y emboco un pasadizo tan concurrido que me veo obligada a detenerme.

Me tapan los ojos. Grito y me debato.

—Che, pará un poco, qué mala onda— frunce la cara Marzolini, y salta haciendo bailotear los pantalones a cuadros con patas de elefante.

Bueno, mejor que siga en casa contando lo que falta. Me parece que Lorenzo se cansó de tenerme la vela y está impaciente. Me cebó como seis termos de mate. Pero ahora se levantó del sillón y está ahí parado mirándome fijo.

No puedo seguir, ahora Lorenzo vino y se sentó acá mismo, en el sofá cama.

Estira la mano. El corazón quiere saltar y empezar a hablar. Araca corazón, callate un poco.

Dejá de escribir, doblá estos papeles y metelos por ahí, me ordeno a mí misma. Lorenzo avanza. Me ordeno tenderle yo también la mano, que lleguen las dos al mismo tiempo a la mitad del camino, y que sea lo que Dios quiera.

Índice

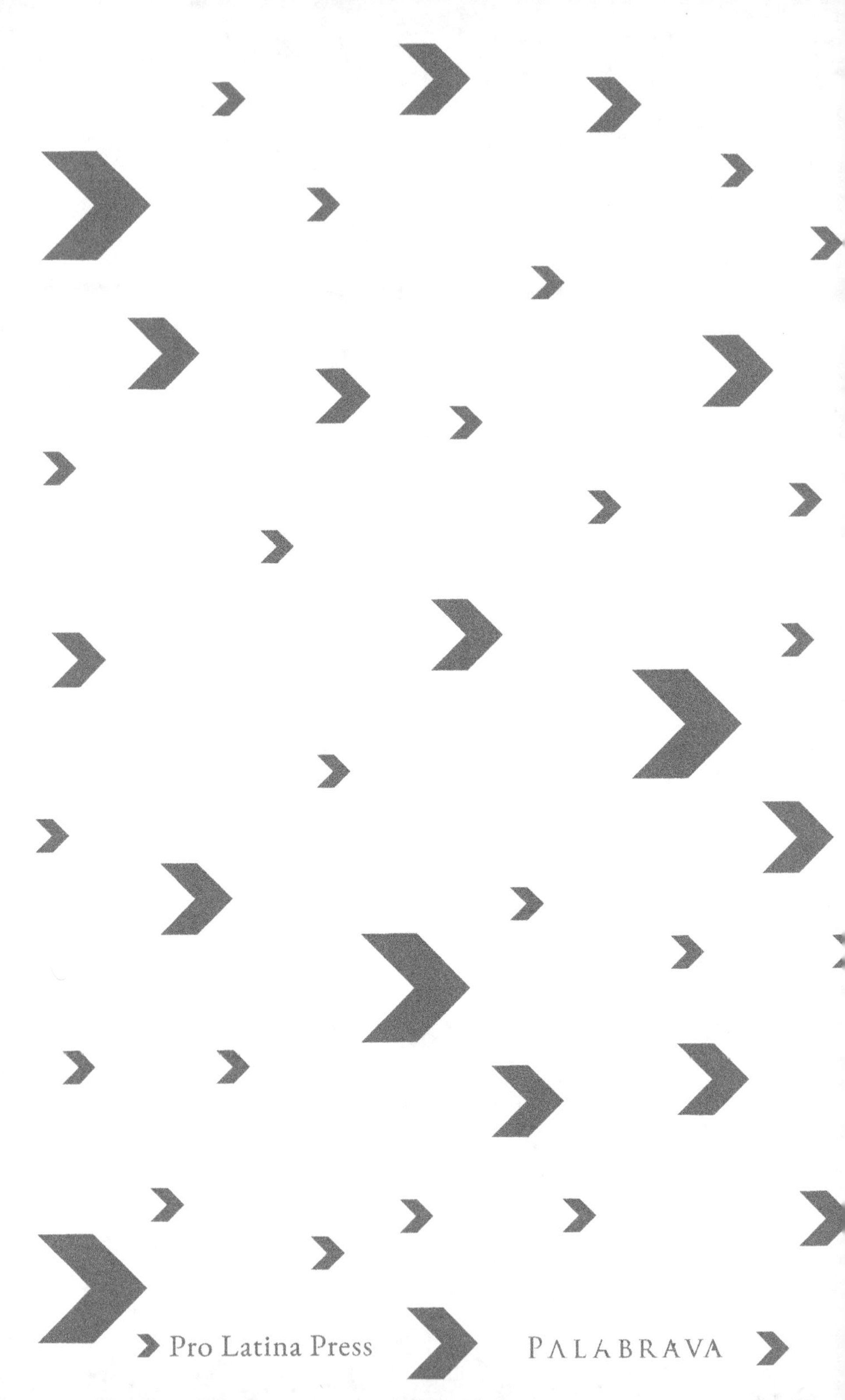
Pro Latina Press
PALABRAVA